跟日本小學生一起學日語！

提升單字量及表達力的詞彙圖鑑

齋藤孝 著
許郁文 譯

前言

知道而且能夠使用的單字稱為「詞彙」，知道很多單字稱為「詞彙很多」或是「語言能力很強」，這樣的人通常擁有較強的思考能力或溝通能力，因為每個人都只能透過自己知道的單字思考事物、了解情緒、進行溝通。換言之，了解越多單字，就越能從不同的角度了解事物，也有更多描述事物、接受事物的方法。

請大家試著回想與朋友、家人或是親近的人之間的對話。是不是常常只用到「糟了」、「厲害」、「好煩喔」這類特定的單字呢？如果只因為這些詞彙方便好用而整天使用，就會變得只用固定的詞彙表達自己的情緒。

讓我們試著將語彙能力比喻成彩色鉛筆吧。如果手邊有很多種顏色的彩色鉛筆，就比較容易描繪眼前的風景對吧？但是，如果你手邊只有「糟了」、「厲害」、「好煩喔」這三種顏色的彩色鉛筆，恐怕只能畫出與實際的風景相去甚遠的圖，而且別人也看不懂你在畫什麼。

這本書介紹了許多與情感有關的單字，而且都是該在十二歲之前認識的字喲。只要多學這類單字，就能更知道該如何表達自己的情緒，也就能建立更美好的人際關係。讓我們一個一個來認識這些單字，讓自己的語彙力就像有許多種顏色的彩色鉛筆般豐富多彩吧！

齋藤（さいとう）孝（たかし）

跟日本小學生一起學日語！

提升單字量及表達力的詞彙圖鑑

STEP 1

情緒基礎語彙 增強換句話說的能力

STEP 2
鍛練說明狀況的能力

ステップ STEP 3 增強轉換為正向描述的溝通能力！

ステップ
STEP 4

培養觀察力，找出「重點」的訓練

ステップ
STEP 5

大人也不知道!?文學大師的日語

成為語彙大師之道

接下來要介紹幾位跟你一起成為語彙大師的夥伴。他們是汪達狗與超棒貓。大家在讀每個 STEP 的內容時，他們都會跟你一起增加語彙喲！為了能隨心所欲地使用這些語彙，也建議大家反覆地閱讀這些 STEP 喲。

▲汪達狗　▲超棒貓

STEP 2

鍛練說明狀況的能力

STEP 1

情緒基礎語彙
增強換句話說的能力

STEP 5

大人也不知道!?
文學大師的日語

STEP 4

培養觀察力，
找出「重點」的
訓練

STEP 3

增強轉換為
正向描述的
溝通能力！

本書的閱讀方式、使用方法

本書總共有5個STEP，接下來會介紹這些STEP的閱讀方法與使用方法，大家可以參考看看喔。最後也有「索引」喲。

所有STEP都有
難易度指標

★☆☆☆☆……**當然知道**
★★☆☆☆……**也有小孩知道吧？**
★★★☆☆……**知道的話很厲害**
★★★★☆……**大人說不定也不知道**
★★★★★……**大人都不知道！**

插圖

為了讓大家容易掌握詞彙的意象，準備了能刺激想像力的插圖喲！

主題

這一頁介紹的心情或是情緒。

換句話說

STEP1會出現許多與情緒有關的單字，所以這部分會介紹一些與主題有關的其他單字，也會說明這些單字的意義與例句喲。

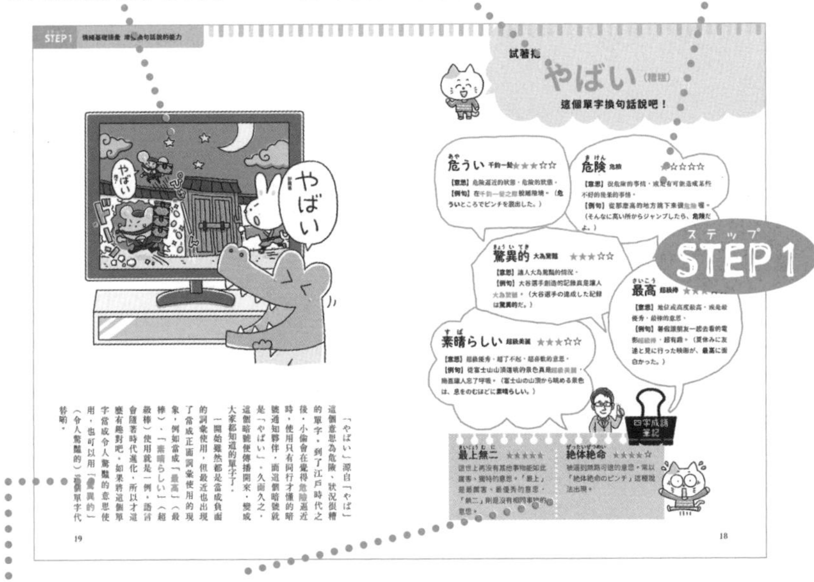

解說

能用來換句話說的詞彙或是單字的語源。粗體字的部分要特別記住喲。

四字成語

與主題有關的四字成語。

使用方法的提示

試著利用換句話說的單字造句。如果能夠同時記住書寫語與口語的單字，那就再完美不過了。

說明

以實況轉播的方式說明插圖的狀況。粗體字的部分是特別需要記住的單字，請大家一定要多注意喲。

插圖

STEP2的主角是個性鮮明的動物。跟人類一樣生活的他們會在不同的情境登場喲。

STEP2

試著說明練習的狀況

語彙的解說

說明粗體字的意思與使用方式。

標題

說明這一頁的情境。

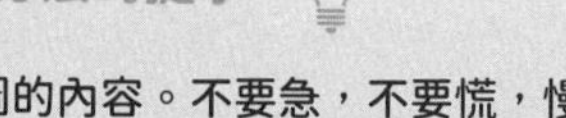

試著扮演主播，說明插圖的內容。不要急，不要慌，慢慢地說明就好。可以請別人幫忙聽聽看，看看有沒有說得夠清楚。

主題

說明這一頁的狀況設定。

情境

STEP3可以學到許多正向的單字以及委婉的說法，幫助大家建立更美好的人際關係。這部分會清楚說明是哪些情境喲。

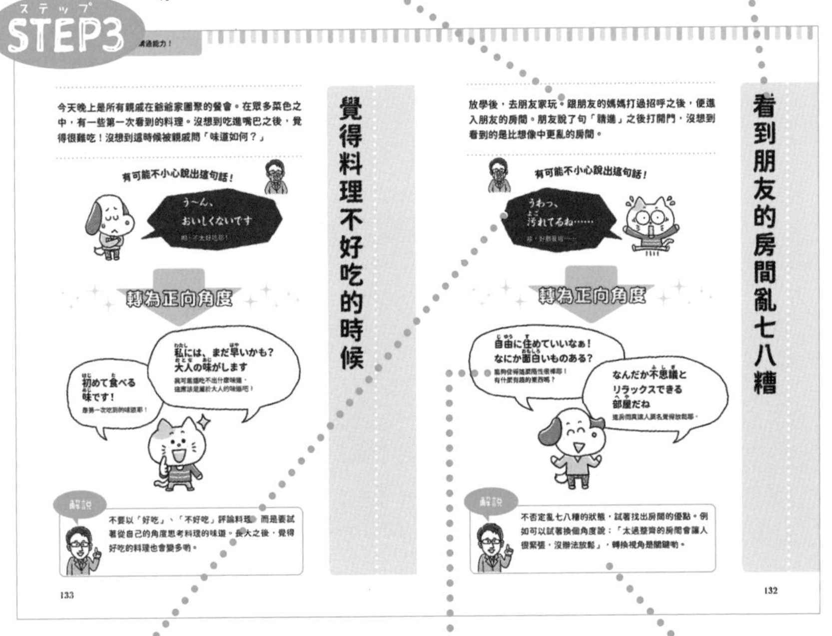

不小心脫口而出？

這邊會介紹不太建議大家脫口而出的語彙與說法喲。

正向說法轉換

會介紹一些這樣回答就好了的說法喲。

解說

說明語彙的使用方法與意義。只要跟著此處的說明說話，就能避開麻煩，給人好印象喲。

要提升溝通能力就要養成「站在對方的立場思考」這種習慣。試著記住那些自己聽了也開心的語彙，試著培養屬於自己的「轉為正向角度法」。

重點

該了解的重點！總共會介紹三個喲。

標題

這一頁的觀察對象。

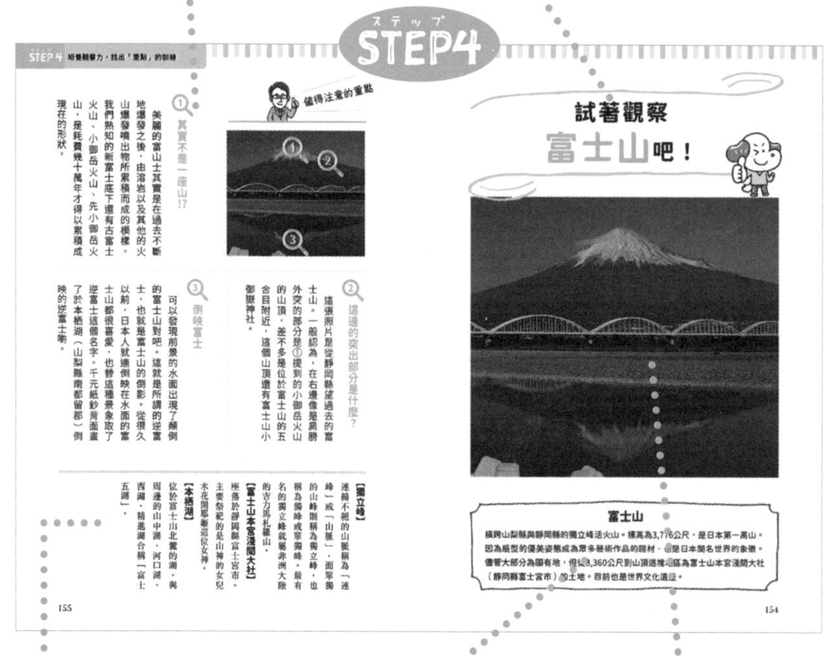

用語解說

會說明與歷史、地理、文化有關的專業用語喲。

簡潔的一段話

會以簡潔的一段話說明觀察對象喲。

照片

STEP4是培養觀察力的章節，所以會出現許多建築物與大自然的照片或圖畫，請大家仔細觀察吧。有沒有什麼讓你特別在意的部分呢？看了這些照片與圖畫又有什麼感想呢？

使用方法的提示

遇到困難的詞彙，就是加深知識的好機會。查字典、網路，問人，讓不知道的事情變成知道的事情吧！

例句

是利用介紹的單字造句的例句喲。

意義

這個單字的意義。

單字

依照五十音的順序排列。

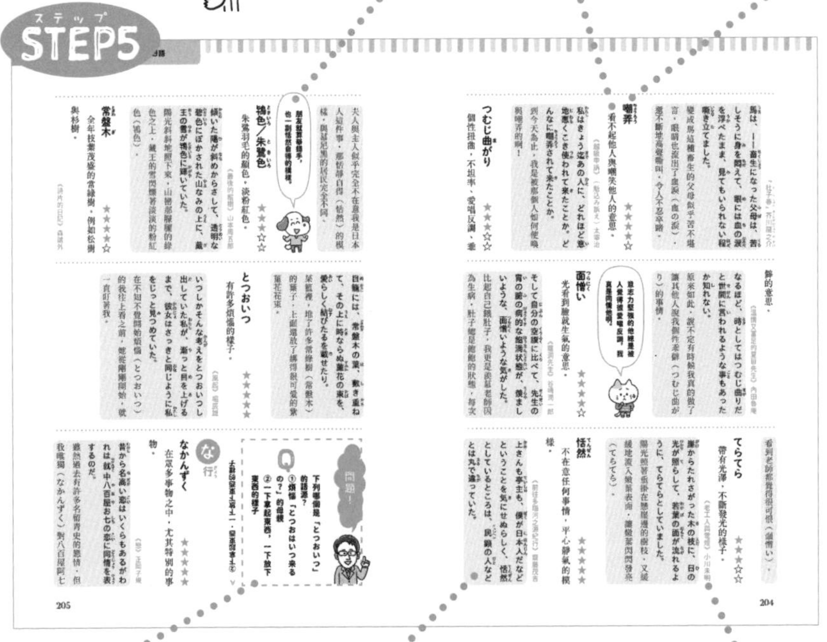

ステップ STEP5

『杜子春』芥川龍之介
馬は、——畜生になった父母は、苦しそうに身を悶えて、眼には血の涙を浮べたまま、見てもいられない程嘶き立てました。
變成馬這種畜生的父母似乎苦不堪言，眼睛也流出了血淚（血の涙），還不斷地高聲嘶叫，令人不忍卒睹。

嘲弄 ★★★★☆
看不起他人與嘲笑他人的意思。
《駈込み訴え》太宰治
私はきょう迄あの人に、どれほど意地悪くこき使われて来たことか。どんなに嘲弄されて来たことか。
到今天為止，我是被那個人如何使喚與嘲弄的啊！

つむじ曲がり ★★★☆☆
個性扭曲，不坦率，愛唱反調，乖僻的意思。
內田魯庵
なるほど、時としてはつむじ曲りだと世間に言われるような事もあったかも知れない。
原來如此，說不定有時候我真的做了讓其他人說我個性乖僻（つむじ曲がり）的事情。

意志力堅強的他總是被人覺得很愛唱反調，我真是同情他啊。

面憎い ★★★★☆
光看到臉就生氣的意思。
谷崎潤一郎
そして自分の空腹に比べて、先生の胃の腑の病的な飽満状態が、羨ましいような、面憎いような気がした。
比起自己餓肚子，我更是羨慕老師因為生病，肚子總是飽飽的狀態，每次看到老師都覺得很可恨（面憎い）。

てらてら ★★★☆☆
帶有光澤，不斷發光的樣子。
小川未明
崖からたれさがった木の枝に、日の光が照らして、若葉の面が流れるように、てらてらとしていました。
陽光照著垂掛在懸崖邊的樹枝，又緩緩地流入嫩葉表面，讓嫩葉閃閃發亮（てらてら）。

恬然 ★★★★★
不在意任何事情，平心靜氣的模樣。
齋藤茂吉
上さんも亭主も、僕が日本人だなどということを気にせぬらしく、恬然としているところは、田舎の人などとは丸で違っていた。
夫人與主人似乎完全不在意我是日本人這件事，那恬靜自得（恬然）的模樣，與鄉下地區的居民完全不同。

204

朋友就算是對手，也一副恬然自得的模樣。

鴇色／朱鷺色 ★★★☆☆
朱鷺羽毛的顏色，淡粉紅色。
山本周五郎
傾いた陽が斜めからさして、透明な碧色にぼかされた山なみの上に、蔵王の雪が鴇色に輝いていた。
陽光斜斜地照下來，山巒那朦朧的綠色之上，藏王的雪閃爍著淡淡的粉紅色（鴇色）。

常盤木 ★★★★☆
全年枝葉茂盛的常綠樹，例如松樹與杉樹。
森鷗外
円輪には、常盤木の葉、敷き重ねて、その上に時ならぬ菫花の束を、愛らしく結びたるを載せたり。
某籃裡，堆了許多常綠樹（常盤木）的葉子，上面還放了綁得很可愛的紫羅蘭花束。

とつおいつ ★★★★★
有許多煩惱的樣子。
堀辰雄
いつしかそんな考えをとつおいつし出していた私が、漸っと目を上げるまで、彼女はさっきと同じように私をじっと見つめていた。
在不知不覺開始煩惱（とつおいつ）的我往上看之前，她從剛剛開始，就一直盯著我。

問題！
Q 下列哪個是「とつおいつ」的語源？
①煩惱「とつおはいつ来るの？」的母親
②一下拿起東西，一下放下東西的樣子

な行
なかんずく ★★★★★
在眾多事物之中，尤其特別的事物。
《戀》正岡子規
昔から名高い恋はいくらもあるがわれは就中八百屋お七の恋に同情を表するのだ。
雖然過去有許多名留青史的戀情，但我唯獨（なかんずく）對八百屋阿七

205

謎語、重點解說

以這一頁介紹的單字撰寫的謎語或是迷你解說。只要仔細讀，一定都能答對喲！

文學大師的日文

「文學大師」就是寫了很多優秀作品的小說家，他們也都是熟知日文各種語彙的大師喲。讓我們多接觸這些文學大師的文章，增加自己的語彙能力吧！

作品名稱與作者

提及這個單字的小說書名與作者的姓名。

使用方法的提示

試著朗讀「文學大師的日語」的部分，讓那些語彙成為身體的一部分。重覆朗讀能讓耳朵與內心都記住這些單字。祕訣在於慢慢地、清楚地朗讀喲。

ステップ

STEP

情緒基礎語彙
增強換句話說的能力

這種心情該如何描述才好？這個 STEP 為你解決這種煩惱！

記住許多與情緒有關的單字，跟千篇一律的對話與作文說再見吧！

試著把 やばい（糟糕）這個單字換句話說吧！

危うい（あや） 千鈞一髮 ★★★☆☆

【意思】危險逼近的狀態，危險的狀態。

【例句】在千鈞一髮之際脫離險境。（**危うい**ところでピンチを脱出した。）

危険（きけん） 危險 ★☆☆☆☆

【意思】很危險的事情，或是有可能造成某些不好的後果的事情。

【例句】從那麼高的地方跳下來很危險喔。（そんなに高い所からジャンプしたら、**危険**だよ。）

驚異的（きょういてき） 大為驚豔 ★★★☆☆

【意思】讓人大為驚豔的情況。

【例句】大谷選手創造的記錄真是讓人大為驚豔。（大谷選手の達成した記録は**驚異的**だ。）

最高（さいこう） 超級棒 ★★★☆☆

【意思】地位或高度最高，或是最優秀、最棒的意思。

【例句】暑假跟朋友一起去看的電影超級棒，超有趣。（夏休みに友達と見に行った映画が、**最高**に面白かった。）

素晴らしい（すば） 超級美麗 ★★★☆☆

【意思】超級優秀、超了不起、超喜歡的意思。

【例句】從富士山山頂遠眺的景色真是超級美麗，簡直讓人忘了呼吸。（富士山の山頂から眺める景色は、息をのむほどに**素晴らしい**。）

四字成語筆記

最上無二（さいじょうむに） ★★★★★

這世上再沒有其他事物能如此厲害、獨特的意思。「最上」是最厲害、最優秀的意思，「無二」則是沒有相同事物的意思。

絶体絶命（ぜったいぜつめい） ★★★★☆

被逼到無路可退的意思。常以「絶体絶命のピンチ」這種說法出現。

「やばい」源自「やば」這個意思為危險、狀況很糟的單字。到了江戶時代之後，小偷會在覺得**危險**逼近時，使用只有同行才懂的暗號通知夥伴，而這個暗號就是「やばい」。久而久之，這個暗號便傳播開來，變成大家都知道的單字了。

一開始雖然都是當成負面的詞彙使用，但最近也出現了當成正面詞彙使用的現象，例如當成「**最高**」（最棒）、「**素晴らしい**」（超級棒）使用就是一例。語言會隨著時代進化，所以才這麼有趣對吧。如果將這個單字當成令人驚豔的意思使用，也可以用「**驚異的**」（令人驚豔的）這個單字代替喲。

試著把

かわいい（可愛）

這個單字換句話說吧！

愛(あい)らしい 可愛 ★★★☆☆

【意思】看起來嬌小可愛的樣子。

【例句】媽媽很喜歡雙胞胎熊貓那**可愛**的模樣。（母は双子のパンダの**愛らしい**姿に夢中だ。）

愛(あい)くるしい 可愛 ★★★☆☆

【意思】看起來非常可愛的樣子。

【例句】我家的天竺鼠有一雙**可愛**的眼睛。（我が家のペットのハムスターは、**愛くるしい**目をしている。）

愛嬌(あいきょう) 討人喜歡 ★★★★☆

【意思】笑容可掬、容易親近、給人很好的印象。

【例句】朋友的弟弟總是笑嘻嘻，很**討人喜歡**。（友達の弟はいつもニコニコしていて、**愛嬌**がある。）

素敵(すてき) 漂亮 ★★☆☆☆

【意思】很吸引人，讓人覺得很美好、漂亮。

【例句】你的筆盒亮晶晶，很**漂亮**耶。（あなたのペンケースは、キラキラしていて**素敵**ね。）

あどけない 天真無邪 ★★★☆☆

【意思】年幼可愛，坦率無邪。

【例句】看到小寶寶**天真無邪**的笑容，我也不禁露出笑容。（赤ちゃんの**あどけない**笑顔を見て、思わず私も笑顔になった。）

四字成語筆記

天真爛漫(てんしんらんまん) ★★★★☆

一言一行都沒有任何矯作，呈現最原始的自我。「天真」是沒有矯揉造作的意思，「爛漫」是光輝璨爛的意思喲。

純真可憐(じゅんしんかれん) ★★★★☆

坦率，沒有任何陰暗面，又很可愛的意思。相似的四字成語還有「純情可憐」喲。要小心不要記成「純心」。

「可愛」是一種讓人不由自主想抱緊的情緒，尤其小東西或是純潔的東西更是讓人覺得可愛對吧。雖然什麼都可以形容成「可愛」（かわいい），但日文還有很多類似的詞彙喲，比方說，**愛らしい**與**愛くるしい**就很類似，不過，**愛くるしい**是更強烈的說法喲。如果是那些很吸引人的東西，則可以改用**素敵**或**魅力的**這類詞彙形容。

多虧日本的動漫與卡通人物，「かわいい」變成一種國際語言。有機會的話，可以教外國朋友其他的說法喲。

試著把

えぐい（噁心）

這個單字換句話說吧！

ひどい 過份 ★☆☆☆☆

【意思】沒有半點體貼，很殘酷。（也有很激烈、很厲害的意思）

【例句】這是有個很過份很過份的人物登場的故事。（**ひどい**意地悪をする人物が登場する昔話。）

どぎつい 超不舒服 ★★★☆☆

【意思】有種讓人覺得很討厭的感覺。

【例句】那位搞笑藝人雖然很受歡迎，卻常常使用讓人超不舒服的詞彙，所以我不喜歡他。（あのお笑い芸人は人気があるが、**どぎつい**言葉を使うので苦手だ。）

半端（はんぱ）ではない 不容小覷的 ★★★★☆

【意思】事物的程度不容小覷，非常誇張的意思。

【例句】補習班老師出的功課多得太誇張。（塾の先生から**半端ではない**量の宿題を出された。）

残忍冷酷（ざんにんれいこく） ★★★★☆

對人沒有半點體貼、仁慈，非常殘忍無情的意思。類似的詞彙還有「残忍非道」或是「残酷非道」喔。

「えぐい」本來是用來形容味道的詞彙喲。比方說，在春天冒芽的蜂斗菜非常苦澀，這種味道就能利用「えぐい」這個詞形容。

後來便衍生出**ひどい**、**どぎつい**這類意思，用來形容讓人覺得**不愉快**的事物。最近也出現了很佩服或是很厲害的意思喲，這是不是跟「やばい」這個詞彙的情況很像呢？當事物的程度超乎尋常，也能改以**半端ではない**這個詞彙形容。我們也很常在對話的時候使用這個詞彙對吧？所謂的「半端」指的是數量不足的意思。大家也要試著讓自己的語彙多到超乎尋常的量喲！

試著把エモい（情緒化的）這個單字換句話說吧！

情緒（じょうちょ）がある 有情懷 ★★★☆☆

【意思】讓人產生各種情緒。

【例句】這一帶保留了古老的街景，別有情懷。（この辺りは昔ながらの街並みが残っていて、**情緒がある**。）

感慨深い（かんがいぶか） 感慨萬千 ★★★★☆

【意思】內心深處有很多感覺的意思。

【例句】一想到再過沒多久就要從小學畢業，真的讓人感慨萬千啊。（もうすぐ小学校を卒業するのかと思うと**感慨深い**。）

えも言（い）われぬ 難以言喻 ★★★★★

【意思】無法以語言形容或呈現。

【例句】在成人式遇到小學同學，心情真的是難以言喻。（成人式で小学校の友達と再会して、**えもいわれぬ**気持ちになった。）

四字成語筆記

情緒纏綿（じょうちょてんめん） ☆☆☆☆☆

對某個事物深有感觸，遲遲無法放手的意思。也讀成「じょうしょてんめん」。

最近很常聽到「エモい」這個詞彙。它有「情緒化」的意思，語源是英語的「emotional」，有種情緒會流動的感覺對吧。如果情緒有很大的起伏，日文通常會說成「**情緒がある**」或是「**心が揺さぶられる**」喔。如果突然覺得很懷念，也可以使用「**感慨深い**」這個詞彙形容自己的心情。

エモい是很方便好用的詞彙，很常用來形容難以言喻的煩悶心情，不過日文本來就有「**えも言われぬ**」或是「**言うに言われぬ**」這類詞彙，建議大家先記起來再說。

試著把

うざい（囉嗦）

這個單字換句話說吧！

うんざり 煩人 ★★☆☆☆

【意思】對事物生厭的樣子。

【例句】覺得一直問考試考幾分的同學很煩人。（何度もテストの点数を聞いてくる同級生に**うんざり**する。）

げんなり 沮喪 ★★★☆☆

【意思】讓人覺得疲倦、討厭，無心繼續。

【例句】沒想到我居然在這個數學習題犯下這麼多失誤，真是太讓人沮喪了。（我ながら、計算ドリルのミスの多さに**げんなり**した。）

煙たい（けむたい） 避之唯恐不及的 ★★★★☆

【意思】覺得對方很煩人，很想逃開對方的感覺。

【例句】那些什麼都要講究禮數的姑姑或阿姨，真的讓人避之唯恐不及。（マナーに厳しい親戚のおばさんは、**煙たい**存在だ。）

鬱陶しい（うっとうしい） 鬱悶 ★★★☆☆

【意思】讓人覺得有所干擾、煩悶的事物。

【例句】就算是梅雨季，每天下雨也很讓人鬱悶啊。（梅雨とはいえ、ずっと雨が降るのは**鬱陶しい**。）

わずらわしい 很棘手、很麻煩 ★★★★☆

【意思】很棘手，很討厭、很麻煩的感覺。

【例句】老實說，有時候會覺得音讀的功課很討人厭。（正直、音読の宿題を**煩わしく**感じるときもある。）

意気阻喪（いきそそう） ★★★★★

沒有幹勁，氣力全無的意思。反之，身心都活力充沛，鬥志高昂的情況可說成「意気揚々」喲。

不承不承（ふしょうぶしょう） ★★★★☆

遲遲不想繼續的意思。「不承」的意思是「不甘願」，連續說兩次，代表強調這種心情。也寫成「不請不請」喲。

覺得討厭或是麻煩的時候，能不能說出「うざい」之外的詞彙呢？

「うざい」有事情太過細瑣，讓人覺得好煩的意思，是從「**うざったい**」這個詞彙縮寫而來。此外「**うざったい**」又是從形容一堆小東西聚在一起動個不停的「**うざうざ**」而來的喲。比方說，看到一堆小蟲子動個不停的話，有時候會覺得很煩對吧？歸根究柢，「うざい」就是用來形容這種情緒的。有時候日文會用「**煙たい**」形容讓人避之唯恐不及的人喔。**うんざり**與**げんなり**都是用來形容覺得麻煩，沒有幹勁這種情況的擬態語。

試著把

むかつく（生氣）

這個單字換句話說吧！

腹(はら)が立(た)つ 氣不打一處來 ★☆☆☆☆

【意思】覺得生氣。

【例句】被哥哥捉弄，真的是氣不打一處來。（お兄ちゃんに意地悪をされて**腹が立っ**た。）

忌々(いまいま)しい 惱人的 ★★★☆☆

【意思】讓人覺得不舒服、煩躁的。

【例句】讓主角陷入危機的壞人居然還露出笑容，真讓人覺得不舒服啊。（主人公をピンチに陥れた敵の笑顔が**忌々しい**。）

むしゃくしゃする 讓人氣得失去理智 ★★★☆☆

【意思】讓人氣得無法冷靜。

【例句】今天從一大早就氣得想要大叫。（今日は朝から**むしゃくしゃ**して叫び出したい気分だ。）

腸(はらわた)が煮(に)え繰(く)り返(かえ)る 氣得腸子冒煙 ★★★★☆

【意思】氣得無法忍耐。

【例句】被全心相信的好朋友背叛，真的會氣到腸子都冒煙。（信じていた親友に裏切られて、**腸が煮え繰り返る**。）

憤懣(ふんまん) 憤憤不平 ★★★★★

【意思】氣噗噗，憤憤不平。

【例句】姐姐平常很溫柔，但這次讓積累已久的不滿一口氣爆發了。（いつもはやさしい姉が、積りに積もった**憤懣**をぶちまけた。）

四字成語筆記

怒髮衝天(どはつしょうてん) ★★★★★

怒髮衝冠的意思，當然就是氣到頭髮都站起來的意思囉。漫畫或動畫常有這類畫面對吧。

切齒扼腕(せっしやくわん) ★★★★☆

這是氣到咬牙切齒、緊緊握住手臂的意思，是源自中國史書《史記》的詞彙喲。

「**腹が立つ**」的「腹」指的是位於深處的情緒或心情。「立つ」不是站起來的意思，而是用來形容程度變得很激烈的感覺喲。有時候會直接說成「**立腹**」（りっぷく），或是**頭にくる**，這代表怒氣會跑到身體的每個角落啊。

一生氣，身體就會瞬間熱起來，而這股熱能會讓五臟六腑像是被丟進滾水裡面一樣，所以日文才會說成「**腸が煮え繰り返る**」。光想想就知道氣到不行對吧。四字成語的**怒髮衝天**也可以說成**怒髪天を衝く**喲。

試著把 好き（喜歡） 這個單字換句話說吧！

気に入る（き・い） 合乎心意

★☆☆☆☆

【意思】 符合喜好或是理想。喜歡的意思。

【例句】 新買的鞋子很好穿，很合**我的心意**。（新しく買った靴は履き心地が良くて**気に入って**いる。）

愛しい（いと） 惹人疼愛的

★★★☆☆

【意思】 可愛得不得了。想要待在旁邊。也寫成「愛おしい」。

【例句】 我家的貓平常不太愛理人，所以過來撒嬌時，特別地**惹人疼愛**。（我が家の猫は素っ気ない。だからこそ、甘えてくる瞬間が**愛しい**。）

目がない（め） 喜歡到盲目的地步

★☆☆☆☆

【意思】 喜歡到沒有東西能夠替代的地步。

【例句】 愛吃甜食愛到**盲目**的姐姐每次去超商一定會買甜點。（甘いものに**目がない**姉は、コンビニに行くたびにスイーツを買う。）

敬天愛人（けいてんあいじん）

★★★★☆

敬愛這世界的一切與人類。這是於幕末到明治時代活躍的西鄉隆盛最喜歡的一句話喲。

大家知道喜歡一個人的時候，該怎麼形容嗎？除了**愛しい**之外，還有**恋しい**或是**心を寄せる**這類說法喲。至於慕わしい則有被吸引的感覺，是很成熟的說法喲。

除了戀愛之外，喜歡某個人或是物品時，可以說成**気に入る**，以及從這種說法延伸的**お気に入り**或是**好ましい**這類較委婉的說法。這裡要問大家一個問題。如果特別支持某個人或是某種動漫人物時，會怎麼說呢？答案就是**ひいき**する喔。最近也很常聽到**推し**這種說法對吧？如果特別喜歡某種食物，也能使用**目がない**或是**好物**這類詞彙形容喲。

試著把 嫌い（討厭）這個單字換句話說吧！

虫（むし）が好（す）かない 沒來由地討厭

★★★☆☆

【意思】沒什麼理由，但就是不喜歡。

【例句】他很聰明，也長得很好看，但我就是**沒來由地討厭**他。（彼はとても頭が良く、見た目もいいのにどうても**虫が好かない**。）

気（き）に入（い）らない 不符合心意

★★☆☆☆

【意思】不符合自己的心意或期待。

【例句】明明跟哥哥說對不起了，但是聽到他說他**不喜歡**我的態度，讓我很生氣。（兄に謝ったのに、態度が**気に入らない**と言われて腹が立った。）

苦手（にがて） 不擅於面對某些人事物

★☆☆☆☆

【意思】討厭的人或是不擅長面對的事物。

【例句】哥哥很**怕**冷，一下雪就不願離開暖桌。（寒さが**苦手**な兄は、雪が降るとコタツから出ない。）

不倶戴天（ふぐたいてん）

★★★★★

讓人不想活在同一個世界的意思。小說或是動漫很常出現「不倶戴天の敵」這種說法喲。

虫がすかない的「虫」不是昆蟲的意思喔。古時候的人覺得，在人體之中有隻決定我們的心情或是情緒的「蟲」，所以肚子在叫的時候會說成「**腹の虫が鳴る**」，覺得某種預感即將成真時，會說成「**虫の知らせ**」。

在介紹「好き」時，介紹了「気に入る」這種說法，而與這種說法相反的說法就是「**気に入らない**」，除此之外，還有「**気に食わない**」、「**気に染まない**」這種比較委婉的說法喲。

有些人會把嫌物當成好物的反義詞，但是日文沒有這種說法，只會說成「**苦手**」或進一步強調的「**大の苦手**」而已。

試著把

面白い（有趣）

這個單字換句話說吧！

心(こころ)が引(ひ)かれる 吸引

★★★☆☆

【意思】 很有魅力，不斷地被吸引過去。

【例句】 對戰遊戲特別吸引我跟哥哥。（僕と兄は、対戦モードのゲームに**心が引かれる**。）

引(ひ)き込(こ)まれる 被拉進某種世界

★★★☆☆

【意思】 被某種人或物的魅力吸引，難以自拔。

【例句】 姐姐被喜歡的歌手的歌聲吸引，連媽媽也成為粉絲。（姉が好きな歌手の歌声に**引き込まれて**、母もファンになった。）

夢中(むちゅう) 沉迷於

★★☆☆☆

【意思】 沉迷於某種事物到忘我的境界。

【例句】 最近爸爸跟我沉迷於Minecraft這款遊戲。（最近、父と僕はマインクラフトに**夢中**だ。）

興味深(きょうみぶか)い 令人玩味的

★★★☆☆

【意思】 讓人很有興趣，很想了解。

【例句】 聖母峰每年都長高幾公分這件事，值得玩味。（エベレストが年に数cmずつ高くなっている事実は**興味深い**。）

魅力的(みりょくてき) 充滿魅力的

★★★☆☆

【意思】 具有吸引人心特質的事情。

【例句】 雖然跟朋友去遊樂園玩很吸引人，但是家裡有事，只能拒絕。（友達と遊園地に行く計画は**魅力的**だったが、家の事情で断った。）

無我夢中(むがむちゅう) ★★★★★

太過沉迷於某種事物，甚至忘了自己的意思。大家有沒有遇過這種讓你忘了自己的興趣呢？

興味津々(きょうみしんしん) ★★★★☆

對某件事物興趣盎然的樣子。「津々」是用來形容泉水不斷湧出的詞彙。

「面白い」是用來形容眼前為之一亮的詞彙，後來便用來形容好心情，讓人很愉快、很開心的情況，再後來甚至用來形容值得玩味的事情，也就是「興味深い」的事情喲。

到了江戶時代之後，面白い也出現了滑稽得讓人忍不住發笑的意思。在看搞笑節目的時候，會覺得很有趣對吧？這時候也能用「面白い」這個詞彙形容這種情況。此外還有ひょうきん或是ユーモラス這類代替的說法。ユーモラス的語源是英語，至於意思則是幽默。

試著把

つまらない／面白くない（無趣）

這個單字換句話說吧！

退屈（たいくつ） 枯燥 ★☆☆☆☆

【意思】沒有任何感動人的變化或趣味或是無趣的事物。

【例句】校長的致詞又長又**枯燥**。（校長先生の話は長くて**退屈**だ。）

飽き飽き（あきあき） 厭倦 ★★★☆☆

【意思】某件事物很冗長或是一再重覆，讓人心生厭倦的意思。

【例句】那個小孩總是很愛自吹自擂，實在讓人聽得很**厭倦**。（あの子の自慢話には**飽き飽き**している。）

味気ない（あじけない） 索然無味 ★★★☆☆

【意思】沒有半點趣味與魅力。味気也讀成「あじき」。

【例句】好朋友搬家後，每天變得**索然無味**。（大親友が引っ越してしまって、毎日が**味気ない**。）

興醒め（きょうざめ） 失去興趣 ★★★★☆

【意思】失去興趣的意思，讓人不再覺得有趣或是開心。

【例句】不小心知道推理小說的犯人是誰之後，頓時**失去興趣**。（読んでいる推理小説の犯人を知ってしまい**興醒め**した。）

ぞっとしない 極其平庸 ★★★★★

【意思】不覺得特別佩服或有趣。

【例句】老實說，那位知名YouTuber的新影片**極其平庸**。（有名YouTuberの新作動画は、正直**ぞっとしない**内容だった。）

四字成語筆記

無味乾燥（むみかんそう） ★★★☆☆

沒有任何味道與趣味。「無味」是指味道寡淡的意思，「乾燥」則是一點濕潤的感覺都沒有的意思喲。

驢鳴犬吠（ろめいけんばい） ★★★★★

將無聊的文章形容成動物叫聲的詞彙。「驢鳴」就是驢子的叫聲，「犬吠」就是狗狗吠叫的聲音。

似たような研究は味気ないな…
類似的研究索然無味啊…
尾も白くない…
尾巴也不白

大家是不是以為「面白い」的反義語為「**面白くない**」？正確答案是「**つまらない**」喲。不過，若只是這樣一筆帶過，那才叫做つまらない（無聊）對吧。

日語有很多相同單字疊在一起的疊詞，例如**飽き飽き**就是其中之一，強調了討厭的情緒。與**味気ない**類似的詞彙還有**味も素っ気もない**這種說法。「素っ気」就是趣味或是味道的意思。「ぞっとする」是用來形容毛骨悚然（おそろしさ）的詞彙，但「**ぞっとしない**」是與つまらない相近的詞彙，都是無聊的意思。請大家不要把這個單字與「おそろしくない」混為一談喔。

試著把 かっこいい（很酷） 這個單字換句話說吧！

まばゆい 耀眼的 ★★★★☆

【意思】過於優秀，就像是一團光芒一樣令人眩目。

【例句】每次看到喜歡的偶像露出**璀璨**的笑容，就心動到不行。（好きなアイドルの**まばゆい**笑顔を見るたびに、心がときめく。）

惚（ほ）れ惚（ぼ）れする 著迷 ★★★☆☆

【意思】喜歡得難以自拔的意思。

【例句】八村選手那豪邁的灌籃，不管看了幾次都讓人**著迷**。（八村選手の豪快なダンクシュートは、何度見ても**惚れ惚れする**。）

スタイリッシュ 很有型 ★★★☆☆

【意思】服裝很符合潮流，很俐落的意思。

【例句】老師總是穿得很**有型**。（先生はいつも**スタイリッシュ**な服に身を包んでいる。）

威風堂々（いふうどうどう） ★★☆☆☆

威風凜凜的意思。這裡的「威風」有「威嚴」的，「堂々」則有姿態凜然的意思喲。

かっこいい是「格好」與「良い」組成的單字，而「格好」是樣貌或服裝的意思，所以かっこいい就是形容外表或是穿著很有型的詞彙。至於態度或是聲音很有活力可說成**凜としている**。如果是服裝的話，還有**スタイリッシュ、おしゃれ**或**センスがいい**這類說法。

除了外表之外，如果覺得某個人的生活方式很酷，也可以使用**憧れる**或是**見事**形容，至於**素敵**也是かっこいい的替代詞。

試著把 かわいそう（可憐）這個單字換句話說吧！

哀れ（あわれ） 悲哀 ★★★☆☆

【意思】覺得很可憐，很心痛。

【例句】在這個故事之中，失去工作與家人的**可憐**男人是主角。（その物語は、仕事も家族も失った**哀れ**な男が主人公だ。）

気の毒（きのどく） 可憐、於心不忍 ★★☆☆☆

【意思】看到別人的痛苦或不幸覺得很可憐。

【例句】傷口好不容易才痊癒，沒想到又受傷，真教人**於心不忍**啊。（せっかく治ったばっかりなのに、またケガするなんて**気の毒**だね。）

痛ましい（いたましい） 凄慘、不忍卒睹 ★★★☆☆

【意思】猶如切身之痛的可憐。

【例句】聽到如此**凄慘**的新聞，母親默默地流下了眼淚。（**痛ましい**ニュースを聞いて、母は静かに涙を流した。）

判官贔屓（ほうがんびいき） ★★★★★

想幫助弱勢或不幸的人或是同情這些人的意思。「判官」源自源義經的悲劇英雄，從以前到現在，這個歷史人物都很受歡迎。

我們常常會擔心或是想要幫助弱勢的人或是陷入困境的人，當下的心情就可用「かわいそう」這個詞來形容，至於**哀れ**、**気の毒**、**不憫**也都是語義相近的詞彙，後面都會接「〜に思う」，大家可試著利用這些詞彙代替かわいそう喔。如果可憐到不忍卒睹的地步，還可以說成**見るに忍びない**喲。

如果朋友告訴你「非常痛苦、難過的事情」，最好不要回答「かわいそう」，因為與其判斷對方可不可憐，不如說「残念だったね」或是「変だったね」，試著安慰對方，朋友也會比較開心喔。

試著把

だるい（疲倦）

這個單字換句話說吧！

面倒（めんどう）くさい 好麻煩 ★☆☆☆☆

【意思】 很麻煩，一點都不想做的意思。

【例句】 老實說，我很討厭寫作文，所以寫日記這種功課真的很**麻煩**。（作文が苦手なので、日記の宿題は正直**面倒くさい**。）

気（き）が重（おも）い 心情很沉重 ★★☆☆☆

【意思】 能夠預測結果很糟，或是很有負擔，所以心情不好。

【例句】 不小心超過了門禁的時間，一想到會被媽媽罵，**心情就很沉重**。（門限を過ぎてしまい、母に怒られると思うと**気が重い**。）

気（き）が乗（の）らない 消極、無心去做 ★★☆☆☆

【意思】 無心做某件事的意思。

【例句】 朋友邀我一起做廣播體操，但我實在**無心去做**。（友達がラジオ体操に誘ってくれたけれど、あまり**気が乗らない**。）

憂鬱（ゆううつ） 憂鬱 ★★★☆☆

【意思】 心情很悶，很陰鬱。

【例句】 今天的體育課好像要跑馬拉松，讓人覺得好**憂鬱**啊。（今日の体育は持久走をするらしいので、**憂鬱**な気持ちだ。）

億劫（おっくう） 感覺很麻煩 ★★★☆☆

【意思】 覺得很麻煩，無心去做、什麼都不想做的心情。

【例句】 哥哥一放假就覺得一切變得好**麻煩**，完全不想踏出房門半步。（兄は休日になるとすべてが**億劫**になるらしく、部屋から出ない。）

惰気満満（だきまんまん） ★★★★★

「惰気」是想偷懶的心情，而這句成語則是形容「惰気」充滿身體的情況，也就是無心做任何事情的狀態。

放縦懦弱（ほうしょうだじゃく） ★★★★★

照著自己的心情做事與軟弱無力的情況。「放縦」是恣意放肆的意思，「懦弱」則是軟弱無力的意思。

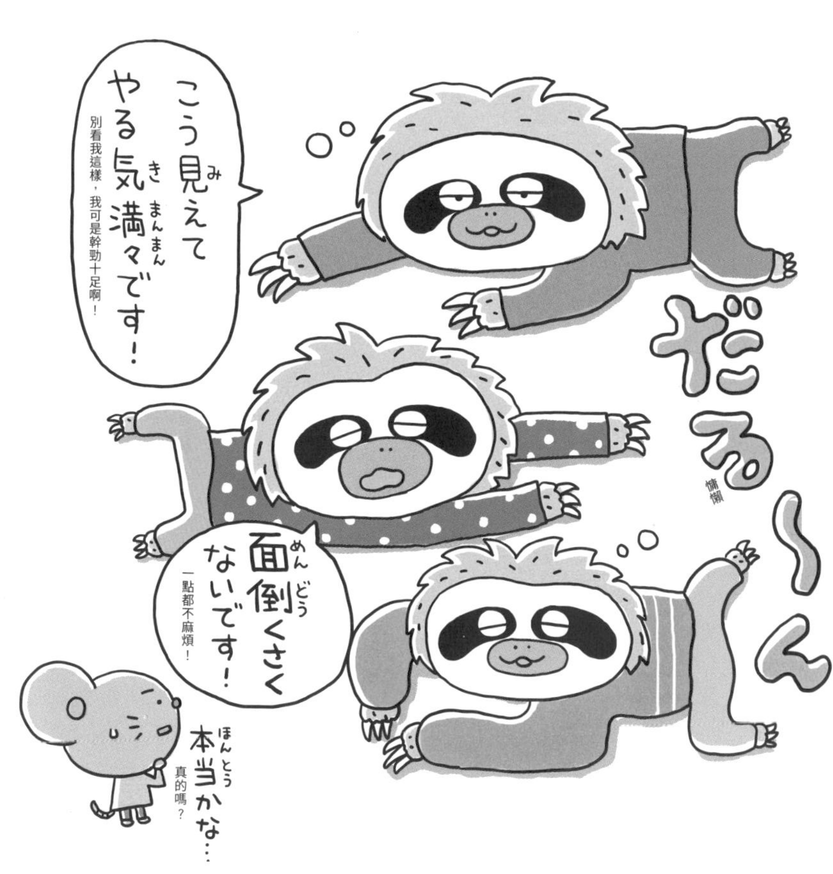

だる〜ん
慵懶
こう見えてやる気満々です！
別看我這樣，我可是幹勁十足啊！
面倒くさくないです！
一點都不麻煩！
本当かな…
真的嗎？

「だるい」常在生病、疲勞，身體虛脫無力，或是無法隨心所欲行動的時候使用，例如會說成「風邪で体がだるい」。

除此之外，最近也多出覺得很麻煩（**面倒くさく**感じる），一點都不想做的意思。接著就為大家介紹這種意思的其他說法，例如可利用気持ち的「気」說成**気が重い**、**気が乗らない**、**気が進まない**這種意思是很麻煩，很不想做的說法。

億劫是佛教用語，意思是非常漫長的時間，所以才延伸出「時間拖太久，讓人覺得度日如年，很麻煩」的意思喲。

試著把

感動する（感動）

這個單字換句話說吧！

感銘（かんめい）を受（う）ける 感動到五臟六腑

★★★☆☆

【意思】難以忘卻的感動、刻劃在心裡的感動。

【例句】在蕭邦鋼琴大賽得獎的鋼琴家的琴聲讓我深受感動。（ショパンコンクールに入賞したピアニストの演奏に**感銘を受け**た。）

感無量（かんむりょう） 感動萬分

★★★☆☆

【意思】難以言喻的感動。

【例句】得到崇拜的足球選手梅西的簽名球，真的讓我感動萬分。（憧れのメッシ選手のサインボールを手に入れて、**感無量**だ。）

琴線（きんせん）に触（ふ）れる 扣人心弦的

★★★★☆

【意思】接觸到無比美好的事物而深受感動。

【例句】不知道是不是因為她的歌聲扣人心弦，爸爸聽得入迷了。（彼女の歌が**琴線に触れ**たのか、父は聞き入っていた。）

胸（むね）を打（う）つ 感動地胸口一熱

★★★☆☆

【意思】極度感動。

【例句】看到一夫當關的主角真的讓人感動地胸口一熱。（たったひとりで敵に立ち向かう主人公の姿に、**胸を打たれた**。）

ぐっと来（く）る 湧上心頭的感動

★★★☆☆

【意思】深受感動。「ぐっと」是內心受到強烈衝擊的擬態語。

【例句】故鄉的景色總是讓人深受感動。（生まれ故郷の景色は、胸に**ぐっと来る**ものがある。）

感慨無量（かんがいむりょう） ★★★★☆

難以言喻的感動。上面介紹的「感無量」就是「感慨無量」的簡稱。「無量」的意思是難以估量的數量。

観感興起（かんかんこうき） ★★★★★

看到某些事物十分感動與興奮的意思。「観」是用眼睛看的意思，「感」是感動的意思，「興起」則是湧現的意思。

光是「動」這個字就知道「感動する」是在心情有所動搖的時候使用的單字對吧。

日本人認為內心位於胸口，所以才會有**胸を打つ**、**胸に響く**、**胸に迫る**這些類似的說法，此外還有**心を打つ**、**心が動く**、**心に響く**這種出現「心」的詞彙，大家不妨記一下喔。

琴線に触れる的「琴線」是樂器古箏的弦，而這種說法則是對某些事物很感動，產生共鳴的比喻。大家也可以想像自己的心弦會發出什麼音色喔。

試著把 苦しい（煎熬）這個單字換句話說吧！

きつい 辛苦 ★☆☆☆☆

【意思】難以忍受的辛苦。

【例句】來回爬神社石梯的傳統特訓相當**辛苦**。（神社の石段を往復する伝統の特訓は相当**きつい**。）

四苦八苦（しくはっく） 吃盡苦頭 ★★★☆☆

【意思】歷盡各種辛苦。原本是佛教用語。

【例句】第一次挑戰的木琴還真是讓**我吃盡苦頭**。（初めて挑戦した木琴に**四苦八苦**する。）

苦悩（くのう） 苦惱 ★★★☆☆

【意思】痛苦與煩惱。

【例句】該怎麼與朋友重修舊好，讓我很是**苦惱**。（友達とどうやって仲直りをしたらいいか**苦悩**する。）

四字成語筆記

悶絶躃地（もんぜつびゃくじ） ★★★★★

痛苦到在地面打滾。「悶絶」的意思是有苦說不出，「躃地」則有趴在地面滾來滾去的意思喲。

除了**四苦八苦**之外，再介紹幾個與痛苦有關的成語。第一個是痛苦得在地上滾來滾去的**七転八倒**，請大家不要記成不管經過多少次失敗都會站起來的「**七転び八起**」這個成語喔。至於太過痛苦、太過苦惱，不自覺嘆氣的情況可用**青息吐息**這個成語形容。「青息」不是真的帶有顏色的氣息，而是在臉色鐵青時嘆氣的比喻。

如果遲遲無法解決心中的問題或苦惱，就會煩躁不安，也會很痛苦，此時可利用**苦悩する**或是**もだえる**這兩個單字形容，如果是更悶的情況，還可以使用悶々這個詞彙來形容喔。

試著把 つらい（痛苦） 這個單字換句話說吧！

大変（たいへん） 辛苦 ★★☆☆☆

【意思】 超乎想像的辛苦。

【例句】 雖然以輕鬆的心情去爬山，但是降下冰冷的雨之後，就覺得很**辛苦**。（気軽に登山に出かけたが、冷たい雨がふって**大変**な思いをした。）

やるせない 鬱鬱寡歡 ★★★★☆

【意思】 無法消除悲傷與痛苦，覺得很辛苦。

【例句】 每次看到戰爭相關的新聞，都讓人**鬱鬱寡歡**。（戦争のニュースを見るたびに、**やるせない**気持ちになる。）

身（み）を切（き）られる 切身之痛 ★★★★☆

【意思】 身心都感到無比痛苦。

【例句】 弄丟重要的收藏卡，**心如刀割**。（大切なトレーディングカードを失くして、**身を切られる**思いだ。）

艱難辛苦（かんなんしんく） ★★★★★

遇到困難，覺得非常辛苦。除外還有使用「艱難」一詞的成語。比方說，困難會讓人成長為了不起的人物的「艱難汝を玉にす」就是其一。

「つらい」若以漢字標示就寫成「辛い」，而「辛」是刺青的針的象形文字，大家只要想像一下，用針在皮膚上刺啊刺的，是不是很痛苦呢？難以忍受的痛苦還可以說成**耐えがたい**或是**身を切られる**，也可以說成**辛酸**或**辛酸をなめる**這種意思相同，但比較委婉的說法。辛是辣味，酸是酸味，兩者都是難以下嚥的味道對吧。

說到味道，許多人在遇到很痛苦的事情時，會食不下嚥，日漸消瘦對吧？這種痛苦在日文可說成**痩せる思い**喲。

試著把

（驚訝）

這個單字換句話說吧！

息（いき）をのむ　讓人嚇得不敢呼吸

★★☆☆☆

【意思】因為過於驚訝或恐懼而瞬間停止呼吸。

【例句】向來沒什麼脾氣的他發如此大的脾氣，讓人嚇得不敢喘氣。（おとなしい彼がものすごく勢いで怒ったので、思わず**息を飲んだ**た。）

腰（こし）が抜（ぬ）ける　嚇到軟腳

★★☆☆☆

【意思】太過驚訝與恐懼，沒辦法站起來。

【例句】突然嚇媽媽一跳，結果被媽媽罵：「我都被你嚇得軟腳了。」（物陰から母をおどかしたら、「**腰が抜ける**かと思った！」としかられた。）

面食（めんく）らう　倉皇失措

★★★☆☆

【意思】被突如其來的事情嚇得不知所措。

【例句】被老師指名為班長之後，他似乎嚇得不知所措。（先生から委員長に指名されて、彼は**面食らって**いるようだった。）

たまげる　嚇得三魂六魄都不見

★★★★☆

【意思】非常驚訝、吃驚。

【例句】跟自己同名同姓的人轉學過來，讓人非常吃驚。（自分と同姓同名の子が転校してきたので、**たまげた**。）

呆然（ぼうぜん）　嚇到失神

★★★★☆

【意思】被突如其來的意外嚇到茫然、失魂。

【例句】我與妹妹妳一言、我一語地吵架，讓旁邊的朋友都看傻了。（私と妹が取っ組み合いのケンカをするのを、友達は**呆然**と見ていた。）

吃驚仰天（きっきょうぎょうてん）

★★★★★

非常吃驚的情況。「吃驚」與「仰天」都是嚇一跳的意思。「吃驚」也可讀成「びっくり」喲。

茫然自失（ぼうぜんじしつ）

★★★★☆

太過驚訝而茫然。茫然與日文的「呆然」是相同的意思，「自失」則是忘了自己，有失去注意力與思考能力的意思。

驚訝的時候，心情與身體都會出現各種反應對吧？比方說，突然「呃」地一聲無法呼吸的情況就可說成**息をのむ**，以及意思相近的**声をのむ**，當然也可以直接使用「はっ！」這種擬態語，或是**はっとする**、**ぎょっとする**這種表達驚訝的擬態語。

嚇得宛如內臟被緊緊揪在一起，身體蜷縮的情況則可說成**肝をつぶす**或是**度肝を抜かれる**。「肝」或「度肝」都是內臟與氣力的意思。**たまげる**的漢字是「**魂消る**」，可用來形容嚇得靈魂出竅的狀況。

試著把

こわい（可怕）

這個單字換句話說吧！

恐怖（きょうふ） 恐怖 ★☆☆☆☆

【意思】覺得害怕、驚恐、不安。

【例句】地震警報一響起，就讓人覺得好**恐怖**，立刻躲到桌子底下避難。（緊急地震速報の音に**恐怖**を感じ、すぐに机の下にもぐった。）

怖気づく（おじけづく） 畏懼 ★★☆☆☆

【意思】覺得害怕、恐懼。

【例句】害怕狗狗的弟弟一看到大型犬就相當**恐懼**。（犬が苦手な弟は、大型犬を見かけるたびに**怖気づいて**いる。）

怯える（おびえる） 膽怯畏縮 ★☆☆☆☆

【意思】怕得畏畏縮縮。

【例句】在玩球的時候，不小心打破教室玻璃的我們，**畏畏縮縮**地向老師報告一切。（ボール遊び中にガラスを割ってしまった僕たちは、**怯えながら**先生に報告した。）

肝を冷やす（きもをひやす） 嚇出一身冷汗 ★★★☆☆

【意思】感到恐懼、驚訝，而冷汗直流。

【例句】在上家政課的時候，因為差點切到手指而**嚇出一身冷汗**。（調理実習であやうく指を切りそうになり、**肝を冷やした**。）

ぞっとする 毛骨悚然 ★☆☆☆☆

【意思】因為太過恐懼，嚇得身心都縮了起來，也會在嚇得背脊發涼的時候使用。

【例句】在半夜聽到應該沒半個人的房間傳來聲響，讓人**毛骨悚然**。（深夜、誰もいないはずの部屋から物音が聞こえてきて**ぞっとした**。）

戦々恐々（せんせんきょうきょう） ★★★★☆

嚇得戰戰兢兢的意思。「戦」是發抖的意思，「恐」是害怕的意思。也寫成「戦々兢々」。

萎縮震慄（いしゅくしんりつ） ★★★★★

身體失去活力，縮成一團的意思。這是福澤諭吉在《勸學》之中使用的四字成語喲。

「こわい」是有不祥的預感或是面對可怕事物時的心情。

人類一覺得**恐怖**，身心都會蜷縮、動彈不得，而這種狀態可用**怖気づく**或是**尻込みする**形容。「尻込み」就是後ずさりする的意思，也就是嚇得不斷後退的意思。

這裡要提個問題。覺得**毛骨悚然**的時候，皮膚會出現一顆顆疹子對吧？這時候該用什麼詞彙呢？答案就是「**鳥肌が立つ**」（起雞皮疙瘩）。這個詞彙也能用來形容恐怖的感覺喔。

試著把 楽しい（愉快）這個單字換句話說吧！

ワクワク 興奮 ★☆☆☆☆

【意思】開心到無法冷靜的狀態。

【例句】早上起床，就興奮地打開聖誕禮物。（朝起きて、**ワクワク**しながらクリスマスプレゼントを開けた。）

お祭り気分（まつきぶん） 嘉年華會的氣氛 ★★☆☆☆

【意思】就像是參加節慶般，開心得不得了的心情。

【例句】一聽到「可以盡情地打電動喲」就開心得不得了。（「ゲームを好きなだけしていいよ」と言われて、**お祭り気分**だ。）

心（こころ）がおどる 雀躍 ★★★☆☆

【意思】喜悅、期待、興奮、快樂的心情。

【例句】得知支持的隊伍獲得聯盟冠軍，心情非常雀躍。（応援しているチームのリーグ優勝を確信して、**心がおどった。**）

愉快（ゆかい） 愉快 ★☆☆☆☆

【意思】開心、心情開朗舒適的意思。

【例句】那部漫畫的賣點在於主角與夥伴之間那愉快有趣的互動。（あのマンガは主人公と仲間たちの**愉快**なやり取りが魅力だ。）

満喫（まんきつ）する 開心地盡情享受的心情 ★★★☆☆

【意思】充份享受開心的意思。原本是「吃得心滿意足」的意思。

【例句】距離畢業只剩一個月，要盡情地享受所剩不多的小學時光。（卒業まであと一か月。残りの小学校生活を思いっきり**満喫**しよう。）

愉快活発（ゆかいかっぱつ） ★★★★☆

開心、活力十足、心情飛揚的意思。類似的四字成語還有「愉快適悅」喔。

痛快無比（つうかいむひ） ★★★★☆

非常愉快，沒有任何東西可以比擬的意思。「痛快」是比「愉快」更開心的意思。

「楽」這個象形文字的雛型是將鈴噹掛在樹枝上的樂器。聽到喜歡的音樂，就會讓人打從心底開心對吧？所以「たのしい」的漢字才會是「楽」喔。

心がおどる若寫成漢字就是「**心が躍る**」。要注意的是，不能寫成跳舞的「踊る」，因為「躍る」是心情高亢的意思。除了這種說法，還有**胸がおどる**、**心が弾む**、**胸が弾む**這類慣用句。覺得開心時，就像是在彈跳床上跳躍一樣對吧。

試著把

悲しい（難過）

這個單字換句話說吧！

★★★★☆

胸(むね)がふさがる 胸口鬱悶

【意思】過於難過或擔心，導致胸口鬱悶，喘不過氣。

【例句】聽到期待很久的校外教學停辦，覺得**胸口很悶**。（楽しみにしていた校外学習が中止になったと聞いて、**胸がふさがる**思いだ。）

★★★☆☆

悲嘆(ひたん)に暮(く)れる 悲嘆終日

【意思】過於悲傷，不斷感嘆。「嘆く」是既悲傷又遺憾的意思。

【例句】爸爸不小心弄丟錢包之後，一整天都**哀聲嘆氣**。（財布を落とした父が**悲嘆にくれている。**）

★★★★☆

身(み)も世(よ)もない 難過得不知道身處何處

【意思】太過難過，以致於無法思考自己與這社會的事情。

【例句】跟戀人分手後，**難過得不知該如何自處**的姐姐整天都在哭泣。（恋人と別れた姉が、**身も世もない**といった様子で泣いている。）

切(せつ)ない 難過

★☆☆☆☆

【意思】難過或寂寞的心情讓胸口為之一緊，苦不堪言的感覺。

【例句】好不容易做完的功課居然忘在家裡，真的是太讓人**難過**了。（頑張って宿題をしたのに、家に忘れてくるなんて**切ない。**）

★★★☆☆

ブルーな気分(きぶん) 憂鬱的心情

【意思】因為難過而沮喪。「ブルー」有「憂鬱」的意思。

【例句】被媽媽扣零用錢，**心情真是憂鬱**。（お母さんにお小遣いを減らされて、**ブルーな気分**だ。）

四字成語筆記

九腸寸断(きゅうちょうすんだん) ★★★★☆

悲傷得所有的內臟都碎掉的意思。「腸」指的是內臟，九則是為數眾多的意思，並非具體的數字。

感慨悲慟(かんがいひどう) ★★★★★

難過得讓人亂了分寸，內心動搖的意思。「悲慟」的「慟」有大聲哭泣，哭到身體不斷發抖的意思。

「悲」這個字的「心」指的是我們的「心」，「非」則是裂成左右兩半的意思，所以「悲」這個字完美地呈現了心痛、心碎這種情緒對吧。如果想要強調肉眼看不見的內心痛苦，還可以說成**胸が痛む**或是**胸が裂ける**喔。

如果是悲從中來的情況，不妨使用**うら悲しい**或是**物悲しい**這種很成熟的說法。如果是難以抹滅的悲傷與痛苦，也可以說成**やるせない**，這個也是長大之後，會越來越常用的詞彙喔。

試著把

悔しい（後悔）

這個單字換句話說吧！

後悔（こうかい） 後悔　★☆☆☆☆

【意思】 回顧自己的行為之後，覺得「早知道就那樣做了」的心情。

【例句】 我很**後悔**隨口說謊這件事。（とっさに嘘をついたことを**後悔**している。）

残念（ざんねん） 可惜　★☆☆☆☆

【意思】 事物未能如預期發展，覺得不甘心的意思。

【例句】 難得的補休卻下雨，真是太**可惜**了。（せっかくの振替休日なのに、雨が降って**残念**だ。）

無念（むねん） 遺憾　★★☆☆☆

【意思】 覺得不甘心、遺憾。

【例句】 只輸一分的比賽，真的讓人覺得很**遺憾**。（たった１点差で試合に負けたと思うと、**無念**でしかたない。）

四字成語筆記

無念千万（むねんせんばん）　★★★☆☆

無念的意思就如左側的說明一樣，至於「千万」則代表程度很高、很強的意思。所以無念千万有「非常悔恨」的意思。

當我們不甘心的時候，會不自覺地做出一些小動作，對吧？而這些小動作都有對應的慣用句喔。

比方說，**唇を噛む**就是強忍遺憾的樣子。順帶一提，也有人會說成**臍を噛む**，這裡的「臍」是「肚臍」的意思。有時候不甘心的心情就像是怎麼樣也咬不到自己的肚臍一樣痛苦。其他還有**歯を食いしばる**、**歯ぎしりをする**這類說法。

有時候心情或是想法會以「念」這個字代表，所以**残念**或**無念**都與不甘心的心情有著斷也斷不開的關係。就讓我們做什麼事情都全力以赴，不要留下任何遺憾（**後悔先に立たず**）吧。

試著把 さびしい（寂寞） 這個單字換句話說吧！

わびしい 孤寂 ★★★☆☆

【意思】沒有任何慰藉之物，十分孤獨的感覺，或是一切陷入沉靜的樣子。

【例句】哥哥現在一個人**孤寂地**住在大都會的某個角落。（兄は大都会のかたすみで、**わびしい**ひとり暮らしをしている。）

心細い（こころぼそ） 焦慮 ★☆☆☆☆

【意思】沒有可依靠的人或是事物，覺得很不安。

【例句】晚上走在沒有路燈的街上，讓人很**焦慮**。（夜に街燈のない道を歩くのは**心細い**。）

ひっそり 寂靜 ★☆☆☆☆

【意思】沒有半點聲音或人聲，一片安靜的樣子。

【例句】雖然車站前面的廣場在白天的時候人聲鼎沸，到了晚上卻是一片**寂靜**。（日中は人が行き交う駅前も、夜は**ひっそり**と静まりかえっている。）

四字成語筆記

孤城落日（こじょうらくじつ） ★★★★★

這是逐漸式微、衰退或是感到焦慮的比喻喔。可以想像成在夕陽西下的時候，孤立的城池被敵人包圍的情景。

「さびしい」這個單字有三種意思，第一種是覺得有些東西不足、不過癮的意思，第二種是覺得孤獨，希望有人在身邊陪著的情況，第三種則是杳無人煙，沒有半點熱鬧氣氛的感覺。

わびしい具有第一種與第三種的意思喲。第二種意思可改說成**心細い**或是**人恋しい**。

第三種意思可改說成**ひっそり**或是**うらさびしい**。さびしい的漢字寫成寂しい，而「寂」（さび）是金屬氧化生鏽的鏽的語源，代表的是失去光澤的狀態。

試著把うれしい（喜悅）這個單字換句話說吧！

喜喜（きき） 笑嘻嘻 ★★★☆☆

【意思】開心地笑，笑嘻嘻的樣子。也寫成「嬉嬉」。

【例句】哥哥做完功課之後，一臉**笑嘻嘻**地出去玩了。（宿題が終わった兄は、**喜喜**として遊びに出かけた。）

有頂天（うちょうてん） 高興地跳起了舞 ★★★★☆

【意思】太開心，整個人跳起了舞的意思。

【例句】中了樂透，讓人**高興地跳起了舞**。（宝クジが当たって**有頂天**になる。）

天にも昇る心地（てんにものぼるここち） 高興地飛上了天 ★★★☆☆

【意思】無可比擬的喜悅。

【例句】在運動會的賽跑比賽拿到第一名，**高興地飛上了天**。（運動会の徒競走で一位になって、**天にも昇る心地**だ。）

上機嫌（じょうきげん） 開心得不得了 ★★★★☆

【意思】十分開心的意思。

【例句】一把一百分的考卷拿給媽媽看，媽媽**開心得不得了**。（１００点のテストを見せた途端、お母さんは**上機嫌**になった。）

ウキウキ 內心雀躍 ★☆☆☆☆

【意思】很開心，心神飛揚的感覺。

好久沒看到晴天了，真讓人**雀躍**啊。（今日は久しぶりに晴れたから、**ウキウキ**するなぁ。）

欣喜雀躍（きんきじゃくやく） ★★★★★

就像是麻雀在周圍跳來跳去一樣地開心。「欣喜」是超級開心的意思，「雀躍」則是描述像麻雀跳來跳去的模樣。

喜色満面（きしょくまんめん） ★★★★☆

難以掩飾開心的心情，喜形於色的意思。「喜色」就是一臉開心的表情，「満面」則是心情寫在臉上的意思。

遇到開心的事情，會讓人身心變得輕盈，就像是背上長了翅膀可以飛起來。所以**ウキウキ**也寫成浮き浮き，形容開心地飄上了天空的感覺。類似的說法還有**天にも昇る心地**。同樣使用「天」的**有頂天**原本是佛教用語，指的是開心得就像是抵達這世界最高之處的心情。

喜喜則是利用疊字強調開心程度的詞彙，有時候會寫成「**喜々**」或是「**嬉々**」。在介紹「たのしい」時提到的**心が弾む**或是**胸が弾む**，有時候也會用來形容開心的心情。

試著把いいね（很讚）這個單字換句話說吧！

文句（もんく）なし　沒有任何抱怨

★★☆☆☆

【意思】沒有任何地方值得抱怨的意思。

【例句】跟姐姐一起製作的蛋糕非常完美，沒有一絲可抱怨之處。（姉と一緒に作ったケーキは、**文句なし**の出来ばえだった。）

非（ひ）の打（う）ち所（どころ）がない

沒有可以挑剔之處　★★★☆☆

【意思】毫無缺點，完美的意思。

【例句】獲得奥斯卡金像獎的這部電影沒有可以挑剔之處。（アカデミー賞を獲得したこの映画は**非の打ち所がない**。）

見事（みごと）　精彩、出色

★★☆☆☆

【意思】不管從哪個角度來看，成果或結果都很完美的意思。

【例句】小笠原群島的景色實在精彩，讓人感動。（小笠原諸島の**見事**な景色に感動した。）

完全無欠（かんぜんむけつ）

★★★☆☆

十分完美，毫無缺點的意思。用來形容毫無瑕疵的金甌（黃金小盆）的「金甌無欠」也是意喻完美的四字成語喔。

在社群媒體或是授課軟體常見的「いいね」（按讚）是對人事物表示喜歡的按鈕對吧。讓我們試著思考有哪些詞彙可以代替這個「いいね」吧。

如果是沒有任何不平、不滿的狀態，可以說成**文句なし**或是**文句のつけようがない**，如果是毫無瑕疵的情況，則可說成**非の打ち所がない**這種類似的說法。

在介紹「すごい」的時候提到的**見事**與**あっぱれ**也是能用來稱讚別人的詞彙。如果是要稱讚長輩或是地位較高的人，可試著加上「お」，說成**お見事**，以表達自己的敬意。至於**最高**或**ばっちり**這種短短的單字更是能直接了當地表達敬佩之意喲。

試著把 ダメだね（不行耶） 這個單字換句話說吧！

★★★☆☆

ぴんと来(こ)ない 沒有感覺

【意思】不符合自己的想法，沒有任何感覺的意思。

【例句】朋友不斷地說自己喜歡的小說有多麼好看，但我就是**沒什麼感覺**。（友達が好きな小説の魅力を語っていたけれど、**ぴんと来なかった。**）

★★★☆☆

腑(ふ)に落(お)ちない 難以接受

【意思】難以認同。以前的人覺得心棲宿在「腑」（內臟）之中。

【例句】他的說明很模稜兩可，讓人**難以接受**。（彼の中途半端な説明では**腑に落ちない。**）

不可解(ふかかい) 難以理解

★★★☆☆

【意思】想理解也難以理解的意思。

【例句】她那**難以理解**的行動只會讓人困惑而已。（彼女の取った**不可解**な行動に戸惑うばかりだった。）

不平不満(ふへいふまん)

★★★★☆

憤憤不平，無法冷靜的意思。很適合用來責備自私的人。

「いいね」雖然沒有對應的反義語，但本書將「ダメだね」定義為它的反義語。

如果沒辦法認同某些意見或事物，通常是因為這些意見與事物與自己的心情或感覺不一致。這時候我們可以說成**ぴんと来ない**喲，也可以說成**腑に落ちない**或是**合点がいかない**，表達自己難以認同的心情。

假設無法了解對方使用的詞彙或是文章的內容，就很難替對方按讚對吧。這種情況可利用**不可解**或是**意味不明**這兩種說法形容。除此之外，還有**ちんぷんかんぷん**這類較為委婉的口頭用語。

試著把

すごい（厲害）

這個單字換句話說吧！

すさまじい 驚人的 ★★★☆☆

【意思】厲害到讓人害怕的地步。

【例句】擔任接力賽跑最後一棒的哥哥以**驚人**的起步速度向前衝了出去。（アンカーとしてバトンを受けた兄は、**すさまじい**勢いで走り出した。）

極めて（きわ）極度地 ★★★☆☆

【意思】非常地、無與倫比的。

【例句】要解決這個問題**極度**困難，但還是得試著解決問題。（この問題の解決は**極めて**難しいが、やり遂げなくてはならない。）

並外れる（なみはず）非比尋常 ★★★☆☆

【意思】與一般的性質或能力差異極大的意思。

【例句】姐姐的記憶力**非比尋常**，從來沒在撲克牌對對樂遊戲輸過。（**並外れる**記憶力をもつ姉は、神経衰弱ゲームで負けたことがない。）

はなはだしい 莫此為甚 ★★★★☆

【意思】過份、糟糕。常用於形容不受歡迎的事物或狀態。

【例句】透過新聞了解，這次颱風造成的損害**前所未有地嚴重**。（ニュースで見た台風の被害は**はなはだしかった**。）

圧倒的（あっとうてき）壓倒性的 ★★☆☆☆

【意思】無可比擬，無與倫比的意思。

【例句】在學會進行表決之後，贊成票**壓倒性的**多。（学級会で多数決を行った結果、賛成票が**圧倒的**に多かった。）

滅茶苦茶（めちゃくちゃ） ★★☆☆☆

程度之甚，無與倫比的意思。一如「部屋が滅茶苦茶だ」（房間亂得不像話），滅茶苦茶可用來說明非常誇張的情況。「無茶苦茶」也有類似之意。

脱俗超凡（だつぞくちょうぼん） ★★★★★

指的是遠遠高於一般的範圍或能力的意思。「脫俗」的意思是從這世上脫穎而出，「超凡」則是比凡人更加優秀的意思。

「すごい」大致可分成兩種意思，一種是「非比尋常」。在右頁介紹的五種說法都是這個意思。除了**並外れる**之外，還有**桁が違う**、**桁違い**、**段違い**這種強調差異的說法。

另一種意思則是「很佩服」。此時可將「すごい」換成**素晴らしい**或是**目覚ましい**喲。當然也可以換成語氣比較輕鬆的**あっぱれ**或是**お見事**。一如在最後加上「！」，活潑地使用這些說法，更能表達想說「すごい」的這個心情喲。

試著把

明るい（明亮）

這個單字換句話說吧！

陽気（ようき） 活潑 ★☆☆☆☆

【意思】個性活潑，充滿活力。

【例句】不管遇到什麼困難，總是活潑地面對一切的她在班上非常受歡迎。（なにがあっても**陽気**で前向きな彼女は、クラスの人気者だ。）

快活（かいかつ） 快活 ★★★☆☆

【意思】精神抖擻，活力十足的樣子。

【例句】在一年級學生精神抖擻的口號之下，運動會的暖身體操開始了。（運動会の準備体操は、１年生の**快活**な掛け声とともに行われた。）

朗らか（ほが） 開朗的 ★★★☆☆

【意思】內心像是大晴天般開朗。

【例句】媽媽似乎是被父親那爽朗的笑容與開朗的個性所吸引。（母は、父のさわやかな笑顔と**朗らか**な人柄にほれたそうだ。）

四字成語筆記

活気横溢（かっきおういつ） ★★★★★

不斷湧現的活力向四周漫了出來的意思。「横」與「溢」都是滿出來的意思喲。

「明るい」可用來描述光線充足，能看清楚東西的情況，也是用來說明個性的形容詞喲。

讓人覺得渾身充滿光芒的人都可以用**陽気**與**活発**這兩個詞彙形容。至於很會說話，很愛與朋友相處的人，則可用**社交的**這個詞彙形容。充滿活力的樣子則可說成**朗らか**或是**快活**。至於**明朗快活**或是**明朗闊達**這些四字成語則可用來形容活力四射的模樣。

順帶一提，「明るい」也能用來形容對事情非常了解的狀態。比方說，很會打電動的人就可以用「ゲームに明るい」這種說法形容。

試著把

暗い（昏暗）

這個單字換句話說吧！

ものしず
物静か 穩定沉靜 ★★☆☆☆

【意思】說話方式、動作都很沉靜穩定的樣子。

【例句】儘管被地震嚇到，多虧沉著穩定的爸爸在身邊，我才能保持**冷靜**。（地震に驚いたものの、**物静か**な父のおかげで冷静でいられた。）

ひか　め
控え目 低調 ★★☆☆☆

【意思】低調，避出風頭的意思。

【例句】身為助手，不愛出風頭、**低調**的個性讓人很有好感。（アシスタントので しゃばらない、**控え目**な性格は好感がもてる。）

ぶか
つつしみ深い 謹慎小心 ★★★★☆

【意思】了解自身的立場與狀況，同時保持低調。

【例句】向來**謹慎小心**的他都發表了意見，看來他的確下定決心了。（**つつしみ深い**彼が発言するなんて、よほどの決意があったのだろう。）

しんちょうこじ
慎重居士 ★★★★★

凡事三思而後行的人。「居士」是在家修行佛教的男性，而不是在寺廟修行佛教的男性。

「明るい」的反義語為「暗い」，但最好不要拿來形容別人的個性。大家不妨記住一些用來形容個性溫馴（**おとなしい**）、沉著穩重（**物静か**）的人的單字，將重點放在他們令人欣賞的部分吧。

比方說，可利用**落ち着きがある**或是以**控え目**、**つつしみ深い**這類單字形容他們的個性。一如「沉默是金，雄辯是銀」（**沈黙は金、雄弁は銀**）這句俗諺，不愛說話絕對不是缺點。

除了個性之外，「暗い」還可以用來形容陰鬱的表情與氣氛。此時也可將「暗い」換成**浮かない**或是**沈んだ**這類詞彙。

試著把

難しい（困難）

這個單字換句話說吧！

困難（こんなん） 困難

★★☆☆☆

【意思】 事情難以執行或解決的意思。

【例句】 在歷經各種**困難**之後逃離無人島。（さまざまな**困難**を乗り越えて、無人島から脱出する。）

歯が立たない（はがたたない） 難以匹敵

★★☆☆☆

【意思】 對手太過優秀，難以對抗的意思。也有事情太過困難，難以解決的意思。

【例句】 雖然在體力方面不會輸給他，但在讀書方面，**完全不是他的對手**。（体力では彼に負けないが、勉強ではまったく**歯が立たない**。）

手に負えない（てにおえない） 難以處理、負擔

★★★☆☆

【意思】 單憑自己的力量無法處理的意思。

【例句】 我家的貓咪很愛惡作劇，讓人**很難處理**。（我が家の猫は、いたずらっ子で**手に負えない**。）

匙を投げる（さじをなげる） 束手無策

★★★☆☆

【意思】 放棄。可在再怎麼努力，事情也不會有任何轉機的時候使用。

【例句】 看到個性頑強的哥哥解開讓人**束手無策**的謎題之後，我非常開心。（粘り強い兄が**匙を投げた**謎解きクイズが解けてうれしい。）

ハードルが高い（たかい） 門檻太高

★★★☆☆

【意思】 必須解決的障礙或問題太過困難。

【例句】 從實力來看，要在這次大會獲得冠軍，**門檻實在太高**。（実力を考えると、大会で優勝するという目標は**ハードルが高い**。）

無理難題（むりなんだい） ★★★☆☆

不管怎麼努力都無法解決的問題。一如「無理難題をふっかける」（將燙手山芋丟給別人），此成語也很常用來形容別人不合邏輯與道理的要求。

至険至難（しけんしなん） ★★★★☆

再沒有更加困難的事情。「至」有「至高無上」的意思，是用來強調「険」與「難」的詞彙。這兩個字也都是「困難」的意思。

如果在考試的時候遇到很難的題目，會讓人抱頭（**頭を抱える**）大喊：「傷腦筋啊」對吧。一如字面所見，困難就是讓人覺得困擾的難題喲。也有**ややこしい**（錯綜複雜）或是**厄介**（棘手）這類說法。

匙を投げる的「匙」是湯匙的意思。過去醫生配藥時，都會使用「藥匙」，若將重要的工具丟在一旁就代表放棄治療的意思，也因此衍生出「放棄」之意。大家遇到很難的題目時，可千萬不要丟掉手中的鉛筆啊。

在遇到難題時，還可以利用**手に余る**、手も足も出ない、**手を焼く**這些較為委婉的說法。

試著把

気分がいい（心情愉悅）

這個單字換句話說吧！

心地（ここち）よい 舒適 ★★☆☆☆

【意思】心情不錯的意思。清爽的心情。

【例句】躺在吊床上面的妹妹，**舒適**地午睡中。（妹がハンモックに揺られながら、**心地よさそう**に昼寝している。）

爽快（そうかい） 爽快 ★★★☆☆

【意思】爽朗、快活的樣子。神清氣爽的模樣。

【例句】雖然渾身是汗，但沖完澡之後，覺得很**爽快**。（汗だくだったけれど、シャワーを浴びたので気分**爽快**だ。）

晴（は）れ晴（ば）れ ★★★☆☆

心情開朗，猶如萬里無雲的天氣

【意思】沒有半點煩惱與憂慮，心情十分開朗的意思。

【例句】暑假功課全部做完後，**心情十分開朗**。（夏休みの宿題を全部終わらせて**晴れ晴れ**とした気分だ。）

四字成語筆記

羽化登仙（うかとうせん） ★★★★★

心情好得快要昇天的比喻。此外，也會用來比喻醉酒開心的樣子喲。

大家會在什麼時候覺得「很舒適開心」呢？不妨想像自己洗完澡之後的心情，身心一定都覺得很舒爽（**さっぱり**）吧。

在晴朗的天氣之下，一邊吹著爽朗（**さわやか**）的風，一邊騎腳踏車，心情真的很不錯對吧（**心地よい**）。如果沿著海岸騎車，還能享受遼闊無垠的景色，心情當然也會**爽快**才對。

一鼓作氣地將房間整理好，也會讓人覺得很**清爽**（**すっきり**）對吧。房間變得乾淨舒適後，心情也會更加**清淨**（**清々しい**）。

另一個絕對不能忘記的說法就是「**晴れ晴れ**」。這種說法可在被別人稱讚或是得到認同的時候使用。

試著把
気分が悪い（不舒服）
這個單字換句話說吧！

不快（ふかい） 不快 ★★★☆☆

【意思】覺得不舒服、心情不晴朗的意思。
【例句】梅雨時節常下雨，濕氣又重，讓人很**不舒服**。（梅雨時は雨も多いし、湿気でべたべたするから**不快**だ。）

不愉快（ふゆかい） 不愉快 ★★☆☆☆

【意思】覺得不舒服，不開心。
【例句】把別人當成笨蛋的口氣讓人很**不愉快**。（人をバカにするような話し方は**不愉快**だ。）

不機嫌（ふきげん） 心情不好 ★★☆☆☆

【意思】表情或態度感覺很差。
【例句】剛剛被爸爸大罵一頓的姐姐，**面色不悅**的別過臉去。（父にしかられた姉は、**不機嫌**な顔をしてそっぽを向いている。）

不協和音（ふきょうわおん） ★★★☆☆

原意是不協調的和音，後來延伸為人際關係不協調，產生不快、糾紛的比喻。

「気分が悪い」是用來表現生氣、煩躁、**不快**這類心情湧上心頭的情況。除了不快之外，**不愉快**、**不機嫌**這類字首為「不」的詞彙也有類似的意思。如果害別人不開心的話，也可以說成**機嫌を損ねる**或是**気分を害す**。

顔をしかめる或是**眉をひそめる**也都是代表心情不佳的慣用句。「しかめる」與「ひそめる」都是眉間產生皺紋的意思。心情不好的時候，的確會不小心露出這種表情對吧。

試著把

恥ずかしい（丟臉）

這個單字換句話說吧！

照(て)れくさい 害臊★☆☆☆☆

【意思】覺得不好意思，丟臉。

【例句】告訴他，他的演奏很棒，很讓人佩服時，他似乎很**害臊**。（彼の演奏に感心して感想を伝えたら、**照れくさそう**に聞いていた。）

決(き)まりが悪(わる)い 不好意思 ★★★☆☆

【意思】莫名感到丟臉。「決まり」有「結束」（尾聲、結局）的意思。

【例句】被父母親罵的時候，剛好被朋友看到，真的是很**不好意思**。（親におこられているところを友達に見られて、**決まりが悪かった**。）

顔(かお)から火(ひ)が出(で)る 臉紅地像是火在燒 ★★☆☆☆

【意思】害羞到整張臉都變紅。

【例句】沒睡醒的我穿著睡衣到學校，真的是**害羞到整張臉都變紅**。（寝ぼけてパジャマで登校してしまい、**顔から火が出る**かと思った。）

穴(あな)があったら入(はい)りたい 無地自容 ★★★☆☆

【意思】害羞到想挖個洞躲起來的地步。

【例句】剛剛不小心將老師叫成「媽媽」。我真是**害羞到想挖個洞躲起來**。（先生を「お母さん」と呼んでしまった。**穴があったら入りたい**。）

面映(おもはゆ)い 難為情 ★★★★☆

【意思】覺得難為情。

【例句】在全校集合的朝會被表揚，雖然很開心，卻覺得很**難為情**。（全校朝会で表彰され、うれしくも**面映い**気持ちになった。）

冷汗三斗(れいかんさんと) ★★★★★

害羞到流了很多冷汗的意思。「斗」是容量的單位，大約18公升，所以三斗冷汗是很誇張的量。

顔厚忸怩(がんこうじくじ) ★★★★★

非常丟臉的意思。丟臉到看臉就知道怎麼一回事的意思。「忸怩」是正在反省，又覺得很丟臉的狀態。

「恥」這個字的「心」是覺得丟臉的心情，「耳」的部分則代表因為害羞而變紅的耳朵。除了**顔が火が出る**這種說法，還有**赤面する**、**頬を染める**這種透過臉部的變化表達害羞的說法。

覺得害羞、丟臉的時候，很難直視別人的臉對吧？最適合形容這種情況的單字就是**面映い**。「映い」的意思是「很耀眼」（まぶしい），所以這句話有對方的臉太耀眼，難以直視的意思。

許多人都說，日本人很**內向害羞**，但是被稱讚時，不妨多點自信，認同自己吧。

試著把

ありがとう（感謝）

這個單字換句話說吧！

感謝（かんしゃ） 感謝 ★☆☆☆☆

【意思】覺得很感激。也有說謝謝的意思。

【例句】謝謝你送給我這麼棒的禮物，真的非常感謝。（こんなに素敵なプレゼントをいただき、**感謝**申し上げます。）

恩に着る（おんにきる） 感恩不盡 ★★★★☆

【意思】受人恩惠時的感謝。

【例句】謝謝你那時候借我橡皮擦，感恩不盡。（あの時は消しゴムをかしてくれて助かった、**恩に着る**よ。）

御の字（おんのじ） 感激不盡 ★★★★☆

【意思】十分感激的意思。

【例句】在完全沒讀書的情況之下，能考得到50分就太感激了。（まったく勉強していないから、テストで５０点も取れれば**御の字**だよ。）

四字成語筆記

報恩謝徳（ほうおんしゃとく） ★★★☆☆

受人恩惠之後，想要回報的心情。在《鬼滅之刃》的單行本之中，刊載了許多作者的心情。

ありがとう的語源是「有り難し」。這個詞彙一開始只有「めったにない」（極為罕見）的意思，是用來感謝神明或是佛祖的詞彙，漸漸地就變成用來感謝別人的詞彙。

日本人將別人的親切或是慰藉視為「恩情」，也非常重視這些事情，所以才會出現**恩に着る**或是**恩に受ける**這類說法。至於**御の字**則是冠上代表禮貌的「御」，說明這件事就是如此值得感謝的詞彙。此外，**足を向けて寝られない**則有將腳朝向恩人就會難過得睡不著覺的意思，代表感謝之情就是如此深厚。

試著把 ごめん（抱歉）這個單字換句話說吧！

すみません 抱歉 ★☆☆☆☆

【意思】是「すまない」的敬語，常當成道歉或拜託的詞彙使用。

【例句】剛剛不小心打破教室的花瓶了。真的**對不起**。（教室の花瓶を割ってしまいました。**すみません**。）

お詫び（わ） 對不起 ★★★☆☆

【意思】為了自己的錯道歉，以及道歉的內容。

【例句】今天真的非常抱歉，打從心底**對不起**。（今日は本当に申し訳ありませんでした。心から**お詫び**します。）

面目（めんぼく）ない 沒臉見人 ★★★★☆

【意思】丟臉到沒臉見人的地步。敬語的形式為「面目ありません」。

【例句】明明剛剛說一定會贏，結果卻輸了，真的是**沒臉見人**。（絶対勝つと言ったのに、負けてしまい**面目ありません**。）

肉袒負荊（にくたんふけい） ★★★★★

為了謝罪，讓上半身打赤膊，再將荊棘披在背上的意思，語源是中國的歷史故事。

すみません也寫成「済みません」，大家從這個字面可以看出來，是什麼沒辦法結束嗎？答案就是歉意（**お詫び**）。不過，這種說法最近也有人用來表達感謝。

申し訳ありません則是職場常見的道歉用語。如果懂得跟老師、前輩或是地位較高的人說這句話，他們一定會對你刮目相看。**顔向けならない**、**面目ない**也有「丟臉」的意思，所以有時不太適合用來說對不起，大家在使用的時候，一定要多加注意喔。不管要選擇哪個詞彙說對不起，真正重要的都是想要道歉的那份心情喲。

齋藤老師的重點建議▶其1

要增加語彙，
念出聲音是捷徑喲！
建議大家先慢慢地
念三次該單字的發音，
讓單字的發音與意思
在大腦合成。

ステップ
STEP

2

鍛練
說明狀況的能力

明明很認真地說明狀況，卻總是說不清楚的話，

很有可能是因為單字量不夠！

讓我們一起學習一些適合用來說明狀況的單字吧！

試著說明練習的狀況

【ひたむき】 ★★★☆☆

對某件事物十分熱衷的模樣。一心投入的模樣。

【一致団結】 ★★★☆☆

一大群人同心協力的意思。

【気迫】 ★★★☆☆

無所畏懼，勇敢向前的意志力。

【発破を掛ける】 ★★★★☆

以充滿氣勢的一句話激勵別人。「発破」的意思是以火藥爆破岩石的意思，不是「葉っぱ」（葉子）的意思喔。

サッカー大会が終わったあとのグラウンドで、選手たちが**ひたむき**に練習しています。みんな集中して**一致団結**、すさまじい**気迫**です。キャプテンのライオン君の顔には、大粒の汗が光っています。監督も選手たちに**発破を掛けて**、気合十分といった表情です。

グラウンドの片隅にある得点ボードを見てみると、0対1となっています。どうやらライバルチームにあと一歩及ばず、**涙をのんだ**ようです。選手達は**臥薪嘗胆**の思いを胸に、練習に励むことを決めたのでしょう。

彼らを応援するように、空には美しい夕焼けが広がっています。きっと明日も、いい天気になることでしょう。

足球大會結束後，選手仍專心致志（**ひたむき**）地在操場練習。大家非常團結（**一致団結**），氣勢（**気迫**）也是十分高昂。身為隊長的小獅臉上流著斗大的汗珠，被太陽曬得閃閃發光，教練也在激勵（**発破を掛ける**）選手，大家的表情都很認真。

操場角落的得分板顯示著0：1的比數，看來小獅這隊剛剛以一步之差惜敗，吞下了悔恨的淚水（**涙をのんだ**）。選手們決定以臥薪嘗膽（**臥薪嘗胆**）的精神努力練習。

天空那美麗的晚霞似乎也在為他們加油。看來明天也會是好天氣啊。

【涙をのむ】 ★★★☆☆

忍住悲傷、悔恨的意思。常於輸了比賽的時候使用。

【臥薪嘗胆】 ★★★★☆

為了達成目的，忍住痛苦與辛勞的比喻。這四個漢字的意思是「睡在柴火上面，舐很苦的膽」。語源是某位男人在嘗盡痛苦之後，總算為父母親報仇雪恨的故事。

說明考卷發回來的情況

【画竜点睛（がりょうてんせい）を欠（か）く】 ★★★★☆

事物最後的收尾不甚完美的意思。畫龍點睛的意思是「畫完龍之後，最後替龍點上眼睛」之意，後來便成為「替事物收尾」的比喻。

【肩（かた）を落（お）とす】 ★★☆☆☆

非常沮喪、垂頭喪氣的意思。

【同類相憐（どうるいあいあわ）れむ】 ★★★★☆

相同境遇的人互相安慰。也寫成「同病相憐れむ」（同病相憐）。

先日行われたテストが返却されているようです。竜君は、解答が完璧だったにも関わらず、名前を書き忘れて0点となってしまいました。まさに、**画竜点睛を欠く**結果となりました。ガックリと**肩を落として**います。

お隣のトカゲさんも、同じ失敗をしたのでしょう。**同類相憐れむ**といった様子でなぐさめています。

一方、百点満点を取ったテングザル君は、答案用紙を掲げて**鼻高々**です。その様子を**うとましそう**に見つめているのは、ハイエナ君。もしかしたら、**不本意**な成績を取ってしまったのかもしれませんね。

大家前幾天似乎都收到考卷了。儘管小龍完美地解開所有題目，卻忘了寫名字，所以只拿零分，這真的是畫龍未點睛（**画竜点睛を欠く**）的結果，小龍也因此非常沮喪（**肩を落としています**）。

坐在隔壁的小蜥蜴似乎也犯了相同的錯誤，兩個人還真的是同病相憐（**同類相憐れむ**）。

反觀考一百分的天狗則高高舉著考卷，一副得意（**鼻高々**）的模樣。一直瞪著天狗的鬣狗則覺得天狗很惹人厭（**うとましそう**）。或許是因為鬣狗考了一個不如心意（**不本意**）的成績吧。

【鼻高々】 ★★☆☆☆

志得意滿的模樣。也有「鼻が高い」（得意的樣子）這種慣用句。

【うとましい】 ★★★☆☆

莫名討厭某個人，想要遠離對方的意思。

【不本意】 ★★★☆☆

並非出自本意的意思。反義語為「本意」。

說明討論的狀況

【肝胆相照らす】★★★★☆

敞開心胸，真誠接受彼此的意思。

【ヒートアップ】★★★☆☆

熱切地討論或進行比賽。

【冷静沈着】★★★☆☆

冷靜沉穩，不慌張、不動搖。

【青筋を立てる】★★☆☆☆

非常生氣的意思。氣憤、興奮時，額頭的血管會冒出來，這句慣用語就是由此而來。

肝胆相照らす仲のキツネ君とウサギ君が熱い議論を交わしています。どうやら、キツネ君が好きなアニメのキャラクターについて話しているようです。ふたりとも次第に**ヒートアップ**してきました。

おっと、いつもは**冷静沈着**なキツネ君が、**青筋を立て**て怒り出しました。どうやら、ウサギ君に好きなキャラクターをけなされたようです。

予想外の出来事にウサギ君は**面食らった**のか、**うろたえて**います。キツネ君の**機嫌を取る**には、**誠心誠意**謝ることが大切かもしれませんね。

肝膽相照（**肝胆相照らす**）的小狐狸與小兔正在熱烈地討論。看來小狐狸正提到自己喜歡的動漫角色。兩個人也越討論越激烈（**ヒートアップ**）。

呃，向來冷靜沉著（**冷静沈着**）的小狐狸突然氣得青筋都冒出來了（**青筋を立てる**）。看來小兔似乎看不起他喜歡的角色。

或許是事情來得太過突然，小兔嚇得（**面食らう**）不知道該怎麼辦（**うろたえる**）。看來要安撫（**機嫌を取る**）小狐狸，只能誠心誠意（**誠心誠意**）地道歉了。

【面食らう】 ★★★☆☆
發生意料之外的事情而大吃一驚。

【うろたえる】 ★★★☆☆
很狼狽，不知道該怎麼辦的意思。

【機嫌を取る】 ★☆☆☆☆
安撫、討好別人的意思。

【誠心誠意】 ★★★☆☆
最真誠的心意，以及以這種心意面對別人的意思。

說明營養午餐的情況

【和気藹々（わきあいあい）】 ★★★★☆

氣氛和諧的場面。「和気」是和諧平穩的意思，「藹々」則是內心平靜的意思。

【得意満面（とくいまんめん）】 ★★★☆☆

一臉得意自誇的樣子。

【青菜に塩（あおなにしお）】 ★★☆☆☆

沒有活力，沮喪的樣子。源自在青菜（小松菜這類葉菜類蔬菜）撒鹽就會滲出水份的比喻。

【うなだれる】 ★★☆☆☆

因為悲傷或丟臉而垂頭喪氣

どうぶつ小学校の給食の時間です。みんな**和気藹々**と過ごしています。今日のメニューは、きなこ揚げパンのようです。「好きな給食ランキング」では常に上位に入る、大人気のメニューです。教室の前方には、ジャンケンをしているお友達がいます。おかわりがもらえる人を決めているのでしょう。ジャンケンの結果、パーで勝ったのはカバさん。**得意満面**の表情で勝ち誇っています。一方、グーで負けたワニ君は**青菜に塩**。深く**うなだれて**います。同じく負けたクマ君は、**地団駄を踏んで**います。午後の授業までに**リフレッシュ**できるといいですね。

到了動物小學的營養午餐時間了。大家都和和氣氣（**和気藹々**）地相處。今天的菜色好像是黃豆粉炸麵包。在「最喜歡的營養午餐菜色之中」，這款炸麵包總是名列前茅喲。

教室的前方有朋友正在猜拳，看來是在決定誰能夠吃最後一個炸麵包。最終由出布的河馬獲勝。得意滿滿（**得意満面**）地的表情已說明了他的勝利。出石頭輸掉的鱷魚則非常沮喪（**青菜に塩**）、垂頭喪氣（**うなだれる**）的。同樣輸掉猜拳的小熊則是不甘心地一直用力跺腳（**地団駄を踏む**）。希望在下午上課之前，他們的心情能夠平復（**リフレッシュ**）啊。

的意思。

【地団駄を踏む】 ★★★☆☆

因為不甘心或生氣而用力踏向地面的意思。

【リフレッシュ】 ★★☆☆☆

心情變得清爽，變得有活力的意思。

說明打電動的狀況

【無我夢中（むがむちゅう）】 ★★★☆☆

被某件事物深深吸引，直到忘我。

【一心不乱（いっしんふらん）】 ★★★★☆

專心致志，精神十分集中的樣子。

【あざやか】 ★★★☆☆

動作或技術特別精湛。

【腕（うで）に覚（おぼ）えがある】 ★★★☆☆

對自己的技術與力量有信心。

ゴリラ君兄弟がテレビゲームをして遊んでいます。ソフトは格闘ゲームでしょうか。**無我夢中**ですね。ふたりは協力プレイでコンピューターと対決しているようです。**一心不乱**に画面を見つめるお兄ちゃんの手元を見ると、非常に**あざやか**なコントローラーさばきです。**腕に覚えがある**のかもしれません。ゴリラ君は少し不安そうな様子ですが、お兄ちゃんの**足を引っ張る**ことのないように**気を張って**いるのでしょう。**一生懸命**、キャラクターをコントロールしています。兄弟ならではの**阿吽の呼吸**で、ぜひ勝ってほしいですね。

大猩猩兩兄弟正在打電動。看來玩的是格鬥遊戲。玩得真是忘我（**無我夢中**）啊。兩個人合作與電腦玩家對抗中。專心（**一心不乱**）盯著螢幕的哥哥正以精湛（**あざやか**）的技術操控控制員，看來哥哥的技術很高超（**腕に覚えがある**）。弟弟雖然看起來有點不安，但也繃緊神經（**気を張る**），拼命（**一生懸命**）操控角色，以免自己拖了哥哥後腿（**足を引っ張る**）。兩兄弟的默契（**阿吽の呼吸**）真是不錯，希望他們能戰勝電腦。

【足を引っ張る】 ★★☆☆☆

干擾別人，不讓人成功或是順利完成事情的意思。有時會在故意干擾別人的時候使用。

【気を張る】 ★★☆☆☆

繃緊神經，面對接下來很可能發生的事情。

【一生懸命】 ★☆☆☆☆

拼盡全力完成某件事物的樣子。原本的寫法是「一所懸命」。

【阿吽の呼吸】 ★★★☆☆

兩個人很有默契。「阿吽」是吐氣與吸氣，也就是呼吸的意思。

說明點心不見的情況

【首をかしげる】★☆☆☆

覺得不可思議或疑惑時歪著頭的樣子。常在覺得納悶的時候使用。

【息を切らす】★☆☆☆

做完激烈的運動之後，呼吸變得急促的樣子。

【主張する】★☆☆☆

用力發表自己的意見。

【心なし】★★★☆

錯覺或是心虛、心理作用。常以「心なしか」這種在最後ヒツジさんのオヤツのチョコケーキが消えてしまったようです。**首をかしげながら**、弟と妹に話を聞いています。

先ほど外遊びから帰ってきたばかりだと言う弟は、たしかに洋服が泥だらけです。**息を切らして**いるので、走って帰ってきたと思われます。

ずっと昼寝をしていたと**主張する**妹は、どうでしょう。洋服と指先には、チョコレートが付いています！**心なしか**、**目が泳い**でいるようにも見えます。**後ろめたい**ところがあるせいか、ヒツジさんの顔を見られないようです。

どちらがオヤツを食べたのか、**火を見るよりも明らか**ですね。

小綿羊的巧克力蛋糕似乎不見了。她一邊歪著頭（**首をかしげる**），一邊聽弟弟與妹妹的解釋。

弟弟說，他一直在外面玩，剛剛才回來，而且衣服都玩得髒兮兮的。看到氣喘吁吁（**息を切らす**）的樣子，看來剛剛是衝回來的吧。

主張（**主張する**）自己剛剛都在睡午覺的妹妹又說了什麼呢？沒想到她的衣服與指尖都沾到巧克力了！或許是因為心虛（**心なしか**）吧，她的視線不斷地游移（**目が泳ぐ**），也或許是因為後悔（**うしろめたい**），她一直不敢直視小綿羊的臉。

看來誰偷吃了點心，已經昭然若揭（**火を見るよりも明らか**）了啊。

加上「か」形式使用。

【目が泳ぐ】 ★★☆☆

視線因為緊張或心裡動搖而左右游移的意思。用來形容說謊、有事隱瞞時的視線。

【後ろめたい】 ★★★☆

自己做了不好的事情而覺得後悔的心情。

【火を見るよりも明らか】 ★★★★☆

事物的結局或結果已揭曉、顯而易見之意。

說明電影院的情況

【大入り】 ★★★★☆

許多觀眾進入會場的意思。

【涙を誘う】 ★★☆☆☆

因為感動或同情而不禁流下眼淚。

【熱いものがこみ上げる】 ★★★☆☆

太過感動，熱淚盈眶之意。

【強面】 ★★★☆☆

猙獰的表情或五官。

【べそをかく】 ★☆☆☆☆

哭泣的表情。

ブルドッグさん親子が映画鑑賞中です。今、話題の映画なのでしょうか。映画館は**大入り**ですね。

どうやら、**涙を誘う**シーンのようです。ブルドッグさんのお父さんがハンカチを取り出しています。**熱いものがこみ上げて**きたのでしょう。普段は**強面**のお父さんですが、こらえきれずに**べそをかいて**います。

お隣のアヒルさんも**目が潤み**、今にも涙がこぼれそうです。映画館には、**すすり泣き**が響いています。観客の**琴線に触れる**名作のようですね。きっと、ブルドッグさん親子にとっても**心に残る**作品となることでしょう。

鬥牛犬父子正在看電影。應該是目前非常熱門的電影吧，因為電影院坐滿了觀眾（**大入り**）。

看來正演到賺人熱淚（**涙を誘う**）的場景。鬥牛犬爸爸拿出了手帕，看來他感動得熱淚盈眶（**熱いものがこみ上げる**）。爸爸平常都板著臉（**強面**），但這次也忍不住哭了出來（**べそをかく**）。

坐在旁邊的鴨子也濕了眼眶（**目が潤む**），一副快要哭出來的樣子。啜泣（**すすり泣く**）的聲音也在電影院此起彼落。這應該是一部扣人心弦（**琴線に触れる**）的名作，也一定會深深地留在鬥牛犬父子的心裡面（**心に残る**）。

【目が潤む】 ★★☆☆☆

眼淚濕了眼眶的意思。

【すすり泣く】 ★★★☆☆

啜泣。沒哭出聲，只是不斷擤鼻子的情況。

【琴線に触れる】 ★★★★☆

因為太過美好與優秀的事物而感動。

【心に残る】 ★☆☆☆☆

留在記憶之中，難以忘卻的感動或印象。

說明新學期的狀況

【そわそわ】 ★☆☆☆

心情難以冷靜的情況。

【犬猿の仲】 ★★☆☆

像狗與猴子一樣不合。是感情非常不和睦的比喻。

【手に汗を握る】 ★★★☆

不知道事情會如何發展而擔心或興奮，結果手心一直流汗的慣用句。

【意気投合】 ★★★☆

志趣相投的意思。

【おかしい】 ★☆☆☆

どうぶつ小学校の教室です。黒板には「進級おめでとう」と書いてあります。どうやら、今日から新学期のようです。クラス全体が**そわそわ**しているのもしかたありませんね。
席順も決まっているようです。イヌ君とサル君が隣同士になっています。これは、もしや**犬猿の仲**なのでは……、と**手に汗を握って**見守っていたキジさんの心配をよそに、ふたりは**意気投合**したようです。よほどサル君の話が**おかしい**のか、イヌ君は**腹を抱えて**います。ふたりが**打ち解けて**良かったですね。きっと他の同級生も、**胸をなで下ろして**いることでしょう。

這裡是動物小學的教室。黑板上寫著「恭喜大家開學」，看來今天是新學期的開始，全班也嘰嘰喳喳，不停地騷動（**そわそわ**）。
看來座位已經決定了。狗狗與小猴坐在一起。他們兩個應該不會吵架吧（**犬猿の仲**）……在一旁看著他們倆的小山羊緊張得都手心出汗了（**手に汗を握る**），不過他們兩個似乎志趣相投（**意気投合**）。小猴說的事情似乎很有趣（**おかしい**），讓狗狗忍不住捧腹大笑（**腹を抱える**）。兩個人能敞開心房，成為好朋友（**打ち解ける**）真的太好了。其他的同學也一定鬆了一口氣（**胸をなで下ろす**）。

讓人不禁笑出來的心情。

【腹を抱える】 ★★☆☆

捧腹大笑。

【打ち解ける】 ★★☆☆

敞開心房，成為好朋友。

【胸をなで下ろす】 ★★★☆

放心、安心的意思。

描述正被罵得狗血淋頭的樣子

【鬼（おに）の形相（ぎょうそう）】 ★★★☆☆

像鬼一樣可怕的表情。

【頭（あたま）から湯気（ゆげ）を立（た）てる】 ★★★★☆

非常憤怒、氣到像是頭頂會冒煙的比喻。

【熱（ねっ）を上（あ）げる】 ★★★☆☆

熱衷、沉迷於某事。

【出来心（できごころ）】 ★★☆☆☆

未事前計畫，臨時起意的壞主意。

【青天（せいてん）の霹靂（へきれき）】 ★★★★☆

ネズミ君が、お姉さんに怒られています。お姉さんはまさに、**鬼の形相**。**頭から湯気を立てて**激怒しています。

どうやらお姉さんが**熱を上げて**いるアイドルの写真を、ネズミ君が勝手に触ってしまったようです。きっと、**出来心**だったのでしょう。まさかこんなことになるとは、**青天の霹靂**ですね。ネズミ君は、まるで**蛇ににらまれた蛙**のようです。お姉さんに**おそれおののいて**います。

ネズミ君を心配したお母さんが、お姉さんを**なだめて**います。どうにか怒りがしずまるといいですね。

小老鼠惹姐姐生氣了。姐姐氣得表情都扭曲了（**鬼の形相**），頭頂還一直冒煙（**頭から湯気を立てる**）。

看來是因為小老鼠隨便碰了姐姐最近很著迷（**熱を上げる**）的偶像的照片。這一定是臨時起意（**出来心**）的吧。沒想到會發生這種事，真的是晴天霹靂（**晴天の霹靂**）啊。小老鼠就像是被蛇盯住的青蛙（**蛇ににらまれた蛙**），嚇得身體直發抖（**おそれおののく**）。

很擔心小老鼠的媽媽便安撫了（**なだめる**）姐姐，希望姐姐能很快就消氣了。

突然發生的大事件。「霹靂」是突然聽到的雷鳴。這是源自晴天突然打雷的詞彙。

【蛇ににらまれた蛙】 ★★☆☆

因為太害怕，身體蜷縮，動彈不得的意思。

【おそれおののく】 ★★☆☆

怕得身體直顫抖。

【なだめる】 ★★☆☆

安撫別人的情緒，讓別人恢復冷靜。

描述玩桌遊的情況

【肝心(かんじん)】 ★★★☆☆

關鍵、重要。肝臟與心臟都是身體很重要的臟器，所以延伸出「很重要」的意思。

【しらを切(き)る】 ★★★☆☆

裝傻，假裝不知情。

【一杯食(いっぱいく)わす】 ★★★☆☆

欺騙。

【疑心暗鬼(ぎしんあんき)】 ★★★☆☆

因為懷疑，而一再陷入不安的情緒。

ヒツジ君とウマ君とヤギ君とブタ君が、カードゲームで遊んでいます。オオカミのカードを配られた人を当てるゲームのようです。駆け引きが**肝心**ですね。

オオカミのカードはヒツジ君がもっていますが、自分ではないと**しらを切って**います。みんなに**一杯食わす**ことができるでしょうか。

ウマ君は**疑心暗鬼**で、全員を信じられない様子です。

ヤギ君は**ポーカーフェース**ですね。**手の内**が読めません。

ブタ君はなぜか**自信満々**、ヤギ君がオオカミのカードをもっていると**確信**しているようです。

小綿羊、小馬、小山羊、小豬正在玩桌遊。這遊戲的目的似乎是找出拿到狼人牌的玩家，耍心機則是這個遊戲的關鍵（**肝心**）。

小綿羊雖然拿著狼人卡，卻一直裝傻（**しらを切る**），假裝自己不是狼人。她能否瞞過（**一杯食わす**）大家呢？

小馬則是疑心生暗鬼（**疑心暗鬼**），不敢相信任何人。

小山羊則是擺出撲克臉（**ポーカーフェース**），讓人猜不透他內心的想法（**手の内**）。

小豬莫名地充滿自信（**自信満々**），看來他確定（**確信**）小山羊就是狼人。

【ポーカーフェース】 ★☆☆☆

撲克臉。源自在玩撲克牌的時候板著臉，不動聲色的情境。

【手の内】 ★★☆☆

底牌。藏在心底的想法與計畫。

【自信満々】 ★☆☆☆

相信自己的想法是正確的，因此充滿自信的模樣。

【確信】 ★☆☆☆

相信一定會如預期發展，不疑有他。

描述朝會的樣子

【悠然（ゆうぜん）】 ★★★★☆

沉著從容的樣子。

【心（こころ）ここにあらず】 ★★★☆☆

心不在焉。被別的事物吸引注意力，無法專心處理眼前的事情。

【寝（ね）ぼけ眼（まなこ）】 ★★★☆☆

睡眼惺忪的意思。一副想睡覺的模樣。

【上（うわ）の空（そら）】 ★★☆☆☆

神遊四海的意思。指太過在意其他事物，而聽不見別人的

どうぶつ小学校の朝会が始まりました。ステージ上では、ウシ校長先生が**悠然**とお話ししています。

おや、コアラさんは、少し**心ここにあらず**ですね。**寝ぼけ眼**をこすりながら、**上の空**で話を聞いています。

隣にいるゾウさんは、真剣な表情で**耳を傾けて**いますね。時折、深くうなずいてもいます。

大柄なゾウさんの陰に隠れて盛り上がっているのは、リス君とハリネズミ君です。うまく先生の**目を盗んで**いるつもりでも、見つかるのは**時間の問題**でしょう。**大目玉を食らわない**といいのですが……。

動物小學的朝會開始了。站在講台上的牛牛校長從容不迫地（**悠然**）開始致詞。

咦？小袋鼠好像心不在焉（**心ここにあらず**）耶。一邊揉著睡眼，一邊神遊四海，聽著校長的演講。

站在旁邊的大象則是用心聆聽校長的演講，有時候還會用力點頭，表示認同。

躲在身材魁武（**大柄**）的大象背後的是小松鼠與小刺蝟。他們以為老師沒注意（**目を盗む**）到他們聊得很開心，但被發現只是遲早的問題（**時間の問題**）吧。希望他們不要被罵得很慘（**大目玉を食らう**）……。

聲音。

【耳を傾ける】 ★★☆☆☆

傾聽、聆聽的意思。

【大柄】 ★★☆☆☆

體格魁武的意思。

【目を盗む】 ★★☆☆☆

掩人耳目，悄悄行動的意思。

【時間の問題】 ★★★☆☆

等待時機成熟，就會知道結果的意思。

【大目玉を食う・食らう】 ★★★★☆

被罵得很慘的意思。

描述後悔的樣子

【頭(あたま)を抱(かか)える】 ★★☆☆☆

想不到好點子，傷透腦筋的意思。

【いただけない】 ★★★☆☆

不佩服，不被認同。

【思(おも)い悩(なや)む】 ★★☆☆☆

非常煩惱，不知道該如何是好。

【時(とき)を忘(わす)れる】 ★★☆☆☆

沉迷於某事。是從「時間を過ぎていくのを忘れる」（忘了時間的流逝）這個意思而來的詞彙。

どうしたのでしょうか、ニワトリ君が頭を抱えています。目の前には、23点と記されたテストがあります。どうやら、いただけない点数だったようです。お母さんにいつ、なんと言って渡せばいいか、思い悩んでいます。

ニワトリ君はテストの前日、時を忘れてマンガを読んでいたようですね。これはまさに、後悔先に立たず。「覆水盆に返らず」とも言いますね。

でもニワトリ君、「失敗は成功の母」という言葉もあります。次からは、テスト対策をしっかりすればいいのです。名誉挽回のチャンスはまだまだありますよ！

不知道發生了什麼事，小雞居然抱頭（**頭を抱える**）苦惱中。他的眼前有張二十三分的考卷。看來這是無法接受（**いただけない**）的分數啊。小雞非常煩惱（**思い悩む**），不知道該怎麼跟媽媽解釋。

小雞似乎在考試的前一天，看漫畫看到忘了時間（**時を忘れる**），這就是後悔沒有藥醫（**後悔先に立たず**），或是「覆水難收」（**覆水盆に返らず**）的情況吧。

不過，小雞啊，還有「失敗為成功之母」（**失敗は成功の母**）這句話啊，只要好好準備，就有機會挽回自己的名聲（**名誉挽回**）喲！

【後悔先に立たず】 ★★★☆☆

後悔也於事無補。

【覆水盆に返らず】 ★★★★★

與剛剛的「後悔先に立たず」意思相同，是覆水難收的意思。

【失敗は成功の母】 ★★☆☆☆

失敗為成功之母。不斷反省失敗，修正缺點與方法，終有一天能夠成功。

【名誉挽回】 ★★☆☆☆

挽回自己的名聲。

說明捉迷藏的情況

【のんびり】 ★☆☆☆☆

不慌不忙，從容的樣子。

【蜘蛛(くも)の子(こ)を散(ち)らす】 ★★★☆☆

四處逃竄的意思。放了小蜘蛛的袋子一旦破掉，小蜘蛛就會四處逃竄。

【小柄(こがら)】 ★★☆☆☆

體格較常人嬌小的意思。

【目移(めうつ)り】 ★★★★☆

看到其他的東西後，轉移了注意力。或是一下子看到一堆東西，不知道該注意哪一個的

サル君たちが公園で遊んでいます。かくれんぼが始まりました。鬼役は、クマさんです。手で目隠しをして、**のんびり**10秒数えています。その間にサル君たちは、**蜘蛛の子を散らす**ように逃げていきます。

小柄なハムスターさんは隠れる場所がたくさんある分、**目移り**して決めきれないようです。**右往左往**しています。シカ君は、植え込みの陰に隠れて**一安心**しているようですが……。

おっと、少し頭がのぞいていますよ！　このままでは**立ち所に**見つかって、**心残り**な結果になりそうです。

小猴跟他的朋友正在公園玩捉迷藏。

當鬼的是小熊。他用手遮住眼睛，緩緩地（**のんびり**）數了十秒，小猴他們也趁著這段時間四處躲藏（**蜘蛛の子を散らす**）

由於嬌小的天竺鼠有很多可以躲起來的地方，所以反而不知道該躲哪裡（**目移り**），也因此一下子往這裡跑，一下子往那裡跑（**右往左往**）。小鹿則是選擇躲在盆栽後面，似乎覺得自己不會被找到，暫時安心了（**一安心**）。

咦，頭有稍微露出來耶，這樣的話，一下子（**立ち所に**）就會被找到，好像會留下令人遺憾的結果喔（**心残り**）。

意思。

【右往左往】 ★★★☆☆

一下子去這裡，一下子去那裡。

【一安心】 ★☆☆☆☆

暫時安心，不再不安與擔心的意思。

【立ち所に】 ★★★★☆

立刻、馬上的意思。

【心残り】 ★★★☆☆

還在意後續的發展，牽掛、掛念的意思。

說明成果發表會的情況

【晴(は)れ舞台(ぶたい)】 ★★☆☆☆

萬眾矚目的機會或場所。

【はらはら】 ★☆☆☆☆

頻頻擔心的模樣。

【表情(ひょうじょう)がこわばる】 ★★☆☆☆

因為緊張或害怕而表情僵硬。

【固唾(かたず)をのむ】 ★★★★☆

擔心事情不順利而盯著看。「固唾」的意思是緊張的時候，留在嘴巴裡的唾液。

今日は、ウサギさんのピアノの発表会です。ご両親は客席から**晴れ舞台**を見守ります。
娘さんが心配なのでしょうか。お父さんは**はらはら**した様子で舞台を見つめています。お母さんも**表情がこわばって**いますね。**固唾をのんで**ウサギさんを見守ります。
主役となるウサギさんは、意外にも**余裕綽々**の表情です。ご両親にも手を振って、笑顔を見せています。**肝が据わって**いますね。これまで**一途**に練習に打ち込んできたウサギさんだからこそ、**リラックス**して本番に臨めるのでしょう。**会心**の演奏ができるよう、私も応援しています！

今天是小兔的鋼琴成果發表會。也是她得到萬眾矚目的機會，她的父母親都坐在觀眾席上守護著她。
看來她的父母非常擔心啊。爸爸一臉緊張（**はらはら**）地盯著舞台，媽媽的表情也很僵硬（**表情がこわばる**），似乎是害怕結果不完美（**固唾をのむ**）。
身為主角的小兔反而一派從容（**余裕綽々**）的模樣。向父母親揮了揮手，還露出可愛的笑容。看來小兔很有膽識（**肝が据わる**）啊。正因為之前專心致志（**一途**）地練習，所以才能在正式上場時，這麼放鬆（**リラックス**）。希望她能給自己一場滿意（**会心**）的發表會！

【余裕綽々】 ★★★★☆
沉著從容的模樣。

【肝が据わる】 ★★☆☆☆
紋風不動，處變不驚的樣子。很有膽識的意思。

【一途】 ★★★★☆
專心致志的意思。

【リラックス】 ★☆☆☆☆
精神放鬆的意思。

【会心】 ★★★★☆
滿足、一切如預期發展的意思。

說明上學的樣子

【脇目も振らず】(わきめもふらず) ★★★☆☆

不顧周圍發生什麼事情，專心做某件事情的意思。

【かすか】 ★☆☆☆☆

稍微了解、些微的意思。

【生憎】(あいにく) ★★★☆☆

運氣不好，恰巧錯過的意思。

【もどかしい】 ★★★★☆

事情不如預期，心情煩躁的樣子。

ランドセルを背負ったブタ君が、**脇目も振らず**学校へと走っています。学校からは**かすか**にチャイムの音が聞こえてきました。このままだとブタ君は遅刻してしまいますが、**生憎**、横断歩道の信号は赤です。**もどかしい**でしょうが、交通ルールは**きちんと**守らなくてはいけませんね。

横断歩道では、交通安全の旗を手にしたタヌキのおばさんが見守りをしています。毎朝、**にこやか**に挨拶をしながら、みんなが安全に渡れるよう**注意を払って**くれているのですね。ブタ君、どんなに**気が急いて**いても挨拶は忘れないようにしてくださいね。

背著書包的小豬眼睛盯著前方（**脇目も振らず**），朝著學校跑過去。已經可以稍微（**かすか**）聽到學校的鐘聲。這應該是第一堂課的鐘聲吧。明明就快要遲到了，偏偏（**生憎**）還遇到紅燈。雖然心急（**もどかしい**），但還是要徹底（**きちんと**）遵守交通規則啊。

人行道這邊有拿著交通安全旗幟的狸貓大嬸守護著大家。每天早上，都笑嘻嘻（**にこやか**）地跟大家打招呼，要大家過馬路的時候注意（**注意を払う**）安全喲。小豬啊，不管再怎麼心急（**気が急く**），也不能忘記打招呼喲。

【きちんと】 ★☆☆☆

紮實地，徹底地。

【にこやか】 ★★☆☆

笑嘻嘻、心情很好的樣子。

【注意を払う】 ★★☆☆

小心謹慎，避免失敗的意思。

【気が急く】 ★★★☆

希望事情早點完成的心情。

描述棒球比賽的情況

【目(め)を丸(まる)くする】 ★★★☆☆

嚇得眼睛瞪得大大的。

【びっくり仰天(ぎょうてん)】 ★★☆☆☆

非常驚訝的意思。

【歓喜(かんき)】 ★★★☆☆

非常開心的意思。

【満面(まんめん)の笑(え)み】 ★★★☆☆

笑得滿臉笑容，十分喜悅。

【唇(くちびる)を噛(か)む】 ★★★☆☆

雖然不甘心，逼自己忍耐。

シロクマ君が、ホームランを打ちました！　シロクマ君は自分の快挙に**目を丸くして**、**びっくり仰天**しているようです。チームメイトは万歳を繰り返し、**歓喜**に沸いています。みんな、**満面の笑み**を浮かべていますね。

打たれたピッチャーのトラ君は、**唇を噛んで**うつむいています。得点ボードを見ると、今は9回裏。シロクマ君が打ったのは、**起死回生**のサヨナラホームランだったのですね。トラ君は**無念**でしょうが、これからも対戦チャンスはあります。**ネバーギブアップ**の精神で、**雪辱を果たして**ほしいですね。

小白熊打出全壘打了！小白熊在創造如此壯舉之後，似乎嚇得瞠目結舌（**目を丸くする、びっくり仰天**）。他的隊友也不斷地高呼萬歲，開心之情（**歓喜**）溢於言表，大家的臉上都掛滿了笑容（**満面の笑み**）。

被打全壘打的投手小虎則是咬著嘴唇（**唇を噛む**），垂頭喪氣懊悔不已。看得分板就會發現，這一局是九局下半，所以小白熊這支全壘打原來是反敗為勝（**起死回生**）的再見全壘打。輸了比賽雖然遺憾（**無念**），但以後還有機會對戰，希望小虎能抱著永不放棄（**ネバーギブアップ**）的精神，報仇雪恨（**雪辱を果たす**）。

【起死回生】 ★★★★☆

讓快死掉的東西活過來的意思。修好壞掉的東西的意思。

【無念】 ★★☆☆☆

悔恨、遺憾的意思。

【ネバーギブアップ】 ★★★☆☆

決不放棄的意思。

【雪辱を果たす】 ★★★★☆

打敗曾經輸過的對手，報仇雪恨的意思。

說明運動會的情況

【花形（はながた）】★★☆☆☆
很華麗又很受歡迎。

【沸き立つ（わきたつ）】★★★☆☆
一大群人很激動、興奮或是很感激的情況。

【疾風迅雷（しっぷうじんらい）】★★★☆☆
行動非常快速的比喻。移動速度像疾吹的風、快速的閃電一樣。

【目にも留まらぬ（めにもとまらぬ）】★★☆☆☆
速度快得眼睛看不見的意思。

どうぶつ小学校は、運動会の真っ最中。現在行われているのは、花形競技のリレーです。グラウンドは沸き立ち、走者を応援する声が飛び交っています。

赤組のバトンを受けたのは、俊足を誇るダチョウ君です。まさに疾風迅雷、目にも留まらぬ速さで駆け抜けていきます。仲良しの友達は、その姿に熱狂していますね。

白組の期待を一身に背負って走るのは、ウマさんです。彼女も自分の脚力にはプライドをもっています。気迫に満ちた表情が頼もしいですね。これから、追い上げを見せてくれるのでしょうか。見ている私も気持ちが高ぶってきました。

動物小學正在舉辦運動會。現在正在進行的是超受歡迎（**花形**）的接力賽。整個操場可說是籠罩在興奮（**沸き立つ**）的氣氛之下，大家都在為跑者加油。

接過紅組接力棒的是被譽為飛毛腿的鴕鳥。他的速度真的是快得如疾風迅雷（**疾風迅雷**），讓人無法看見（**目にも留まらぬ**）他的身影。他的好朋友看到他跑步的英姿也無比興奮（**熱狂**）。

獨自一人承載（**一身に背負う**）白組期待的是小馬。她對自己的腳力也很有信心（**プライド**）。那充滿鬥志（**気迫**）的表情也十分可靠。她能否追上鴕鳥呢？在一旁觀眾的我也越來越興奮（**気持ちが高ぶる**）了呢。

【熱狂】 ★☆☆☆

十分興奮入迷到忘我之意。

【一身に背負う】 ★★☆☆

一個人承受的意思。

【プライド】 ★☆☆☆

自尊、自信。

【気迫】 ★★☆☆

無所畏懼，勇敢面對的精神力。

【気持ちが高ぶる】 ★★★☆

緊張、興奮的意思。「高ぶる」也可寫成「昂ぶる」。

說明不知所措的樣子

【青ざめる】★★☆☆
被嚇到失神，臉色鐵青的意思。

【きょろきょろ】★☆☆☆
慌張，左顧右盼，不知道如何是好的樣子。

【心細い】★☆☆☆
莫名擔心的樣子。

【折よく】★★★☆
最佳的時間點。

【はにかむ】★★★☆
看起來很難為情，害羞的表

ひとりで買い物に出かけたペンギン君が、**青ざめて**います。看板や標識を、**きょろきょろ**と確認していますね。もしかしたら、道に迷ってしまったのかもしれません。誰にも頼れずに**心細い**ことでしょう。

折よく、同級生のウシさん親子が通りかかったようです。ウシさんが、**はにかみ**ながらペンギン君に手を振っています。

ペンギン君も、**ほっとする**ことでしょう。ウシさんのお母さんもいるので、**心強い**ですね。このような状況を言い表すなら、「**地獄で仏**」や「**闇夜の提灯**」といったことわざがピッタリです。

一個人去買東西的小企鵝似乎嚇得不知所措（**青ざめる**），不斷地左顧右盼（**きょろきょろ**），確認招牌與路標。他該不會迷路了吧？沒有可以問的人，的確讓人很害怕（**心細い**）對吧。

剛好（**折よく**），他的同學小牛與她的媽媽路過，小牛也害羞（**はにかみ**）的向小企鵝揮手。

小企鵝也因此鬆了一口氣（**ほっとする**）。由於小牛的媽媽也在，所以真的很讓人安心（**心強い**）啊。若問這種情況該怎麼形容的話，可以說成絕處逢生（**地獄で仏**）或是暗夜裡的燈塔（**闇夜の提灯**）吧。

情。

【ほっとする】 ★☆☆☆

不再不安與擔心，心情恢復平靜的樣子。

【心強い】 ★☆☆☆

有可以依靠的事物而安心。

【地獄で仏】 ★★★☆

比喻在危急之際遇到能依靠的對象。

【闇夜の提灯】 ★★★☆

與「地獄で仏」類似，都是在危急之際得到幫助的意思。

說明班會的樣子

【重苦しい】 ★★★☆☆
像是被重物壓著，喘不過氣的感覺。

【水を打ったよう】 ★★★★☆
一群人陷入沉默的樣子。

【途方に暮れる】 ★★★☆☆
不知道該怎麼做的意思。

【意を決する】 ★★★☆☆
下定決心的意思。

【口火を切る】 ★★★★☆

学級会が開かれています。黒板には「クラスのキャッチフレーズを考えよう」と書いてあります。これが議題のようですね。

なにやら、クラスが**重苦しい**雰囲気に包まれています。**水を打ったように**静まりかえり、誰も発言しないようです。議長のクマさんも、**途方に暮れて**います。

よく見るとレッサーパンダさんが、**意を決して**手を挙げようとしています。**口火を切る**のは**気が引ける**という人もいますが、レッサーパンダさんは**意欲的**ですね。隣に座るブタ君は、レッサーパンダさんに**憧れ**の眼差しを向けています。

大家正在開班會。黑板寫著「想想全班的口號吧！」看來這就是今天的議題吧。

奇怪的是，全班籠罩在沉重（**重苦しい**）的氣氛之下，所有人也陷入沉默（**水を打ったよう**）。就連擔任主席的小熊也不知道該怎麼辦（**途方に暮れる**）。

仔細一看，喜馬拉雅小熊貓似乎下定了決心（**意を決する**），準備舉手發表意見。雖然有些人不想（**気が引ける**）當第一個發言（**口火を切る**）的人，但是喜馬拉雅小熊貓卻很積極（**意欲的**）。坐在旁邊的小豬也對喜馬拉雅小熊貓投以憧憬（**憧れ**）的眼神。

率先開始做某事的意思。「口火」是用來引爆火繩槍或炸藥的火種。

【気が引ける】 ★★☆☆

不想太過積極參與某事的意思。

【意欲的】 ★★☆☆

積極地參與某事的意思。

【憧れ】 ★☆☆☆

強烈希望自己變成某個樣子的心情。

說明遊樂園的樣子

【ウキウキ】 ★☆☆☆

心情雀躍、開心的樣子。

【足下(あしもと)が軽(かる)い】 ★★★☆

腳步輕盈的樣子。形容人們因為開心與喜悅的心情越走越快的模樣。

【スリル満点(まんてん)】 ★★☆☆

體驗到恐怖又緊張的感覺。

【怖気(おじけ)づく】 ★★★☆

突然變得很害怕的意思。

【腰(こし)が引(ひ)ける】 ★★★☆

想要逃跑不被牽連的意思。

ラッコさん一家が遊園地にいます。みんな**ウキウキ**して、**足下が軽い**ですね。

最初にどのアトラクションに乗るか、話し合っています。ラッコ君は、**スリル満点**のジェットコースターを希望しているようです。その話を聞いた弟は**怖気づいて**いますね。**腰が引けて**います。思わず**絶叫**するようなアトラクションが、苦手なのかもしれません。

リボンを着けて**おめかし**している妹は、メリーゴーラウンドの馬車に乗りたいようです。**目を輝かせ**ながら話すのを、お父さんとお母さんが**にこにこ顔**で聞いています。

小海瀨一家來到了遊樂園。大家看起來很雀躍（**ウキウキ**），腳步也很輕盈（**足元が軽い**）。

大家正在討論先從哪個遊樂設施玩起。小海瀨似乎想坐刺激感滿分（**スリル満点**）的雲霄飛車，但是弟弟一聽就開始害怕（**怖気づく**），而且很想要逃跑（**腰が引ける**），看來弟弟很害怕這種會讓人慘叫（**絶叫**）的遊樂設施啊。

戴著蝴蝶結，打扮得很漂亮（**おめかし**）的妹妹好像想坐旋轉木馬。小海瀨的爸媽也一臉笑嘻嘻（**にこにこ顔**）地看著雙眼發亮（**目を輝かせる**）的妹妹發表意見。

【絶叫】 ★★☆☆

用盡全力慘叫的意思。

【おめかし】 ★★☆☆

盛裝打扮的意思。

【目を輝かせる】 ★★★☆

雙眼炯炯有神，充滿喜悅與希望的表情。

【にこにこ顔】 ★☆☆☆

開心地笑嘻嘻的樣子。

說明與小寶寶玩耍的樣子

【つぶら】 ★★★☆☆

圓滾滾很可愛的樣子。

【紅葉（もみじ）のような手（て）】 ★★★★☆

小寶寶、小孩可愛的小手。

【愛（あい）らしい】 ★★★☆☆

嬌小可愛、滿臉笑容的樣子。

【人懐（ひとなつ）こい】 ★☆☆☆☆

很容易跟人親近的意思。

【あどけない】 ★★★☆☆

ヒツジさんたちが公園で遊んでいると、赤ちゃんを連れたチンパンジーのお母さんがやって来ました。赤ちゃんは**つぶら**な瞳と、**紅葉のような手**が**愛らしい**赤ちゃんです。**人懐こい**性格なのか、ヒツジさんたちと遊びたそうにしています。

そのあどけない姿に、ヒツジさんたちはすっかり**心を奪われて**しまいました。ヒツジさんは、しきりに「**かわいい**」と言いながら、赤ちゃんの頭をなでています。

シロクマ君は、赤ちゃんをこわがらせないよう、**おだやか**な声で話しかけています。**心配り**が**素敵**ですね。

小綿羊們在公園玩的時候，黑猩猩媽媽也帶著小寶寶來到公園。黑猩猩寶寶那圓滾滾（**つぶら**）的眼睛以及可愛的小手手（**紅葉のような手**）真的好惹人憐愛啊（**愛らしい**）。不知道是不是因為黑猩猩寶寶很親人（**人懐こい**），也跟小綿羊她們玩了起來。

小綿羊她們看到黑猩猩那天真無邪的模樣，內心都快要被融化了（**心を奪われる**）。小綿羊不斷地說：「好可愛」（**かわいい**），也不斷地摸著小寶寶的頭。

小白熊為了不嚇到小寶寶，刻意用比較和穩（**おだやか**）的聲音說話。這種貼心（**心配り**）真是太棒（**素敵**）了。

幼小可愛，天真無邪的樣子。

【心を奪われる】 ★★★☆☆
對某物或某人十分著迷。

【かわいい】 ★☆☆☆☆
很喜歡、很珍惜的意思。

【おだやか】 ★★☆☆☆
沉著冷靜的模樣。

【心配り】 ★★★☆☆
用心、貼心，注意細節。

【素敵】 ★★☆☆☆
事物過於美好，讓人不禁被吸引的心情。

描述玩具賣場的樣子

【懇願（こんがん）】 ★★★★☆

懇請別人答應請求的意思。

【駄々（だだ）をこねる】 ★★☆☆☆

在事情不如己意時，又哭又鬧，說一些任性的話。

【困惑（こんわく）】 ★★☆☆☆

不知道接下來該怎麼辦的意思。

【喉（のど）から手（て）が出（で）る】 ★★★☆☆

無論如何都想要某個東西的意思。

シマウマ君兄弟がオモチャ売り場にいます。プラモデルやラジコンカーなど、さまざまなオモチャが並んでいますね。

シマウマ君は、ボードゲームを買ってくれるよう、お母さんに**懇願**しています。弟は**駄々をこねて**、お母さんを**困惑**させていますよ。ふたりとも、**喉から手が出る**ほどボードゲームが欲しいんですね。ふたりから**圧しの一手**で攻められているお母さんが**気の毒**です。

このような状況に、**身に覚えがある**人もいるのではないでしょうか？ 欲しいものがあっても**無茶**は言わず、落ち着いてお願いするようにしましょうね！

斑馬兄弟到了玩具賣場之後，看到塑膠模型、遙控車以及琳瑯滿目的玩具。

斑馬哥哥拜託（**懇願**）媽媽買桌遊給他，斑馬弟弟則是躺在地上耍賴（**駄々をこねる**），媽媽一臉很困惑（**困惑**）的表情。看來他們兩個都很想要（**喉から手が出る**）桌遊啊。被兄弟兩個一直要求（**圧しの一手**）的媽媽，還真是可憐（**気の毒**）。

不知道有沒有人也遇過類似的情況（**身に覚えがある**）？就算有想要的東西，也不能這麼不講理（**無茶**），還是要冷靜下來，好好拜託爸媽喔。

【圧しの一手】 ★★★★☆
硬要貫徹自己想法的意思。

【気の毒】 ★★☆☆☆
覺得別人的痛苦或不幸很可憐。

【身に覚えがある】 ★★★☆☆
有印象，有經驗過的事情。

【無茶】 ★★☆☆☆
不合邏輯，不合理的意思。

描述爬山的樣子

【清々(すがすが)しい】 ★★☆☆☆

讓人覺得清爽舒適的事物。

【さわやか】 ★☆☆☆☆

心情開朗美好的樣子。

【はつらつ】 ★★☆☆☆

動作或表情都很生動且有活力的樣子。

【肩(かた)で息(いき)をする】 ★★★☆☆

喘不過氣的樣子。

【ばてる】 ★★☆☆☆

累得動不了的樣子。

どうぶつ小学校のみなさんが山登りをしています。周りにはたくさんの木が生い茂り、とても**清々しい**ですね。木々の間を、**さわやか**な風が吹き抜けていきます。先頭を歩くヤギさんも、**はつらつ**とした様子で山道を登っていきます。

ヤギさんに続いて歩くネズミさんは、**肩で息をしています**。少し**ばてている**ようですね。

最後を歩くカバさんは、**疲労困憊**。リュックが大きいせいか、**へとへと**ですね。リュックには、**どっさり**オヤツが入っています。お菓子に**目がない**カバさん、休憩時間が**待ち遠しい**ですね。

動物小學的同學正在爬山。周圍長了很多樹，讓人覺得很清爽舒適（**清々しい**）。涼爽（**さわやか**）的風在樹木之間穿梭。走在前頭的山羊同學也活力十足（**はつらつ**）地穿過山路。

跟在山羊同學後面的小老鼠則是走得氣喘吁吁（**肩で息をする**），看來已經累得走不動了（**ばてる**）。

走在最後的河馬則是疲憊不堪（**疲労困憊**）。或許是因為背包太大個了，所以才會走得這麼辛苦（**へとへと**）。看來背包裡面塞滿了一堆（**どっさり**）零食。最喜歡（**目がない**）甜點的河馬應該很期待（**待ち遠しい**）休息時間吧。

【疲労困憊】 ★★★★☆
非常疲勞的意思。

【へとへと】 ★☆☆☆
非常疲累，體力與精神都耗盡的樣子。

【どっさり】 ★☆☆☆
數量非常多的意思。

【目がない】 ★☆☆☆
非常喜歡，無可替代的意思。

【待ち遠しい】 ★☆☆☆
希望早日實現，引頸期盼的意思。

說明新年的樣子

【元日（がんじつ）】 ★☆☆☆☆

一年的第一天，一月一日的意思。順帶一提，「元旦」是一月一日早上的意思。

【めでたい】 ★☆☆☆☆

適合慶祝的情況。

【初日の出（はつひので）】 ★☆☆☆☆

一月一日的日出。

【神聖（しんせい）】 ★★★☆☆

聖潔的意思。

【親（した）しき仲（なか）にも礼儀（れいぎ）あり】 ★★★☆☆

今日は元日。1年の初めとなるめでたい日です。

トラさん一家が、近所の公園で初日の出を眺めています。これから1年が始まると思うと、神聖な気持ちになりますね。

トラさんの周りでは、新年の挨拶が交わされています。親しき仲にも礼儀あり、とも言います。「あけましておめでとうございます」のご挨拶は、心をこめて行いたいですね。年賀状で目にする「謹賀新年」や「賀正」といった言葉にも、新年をお祝いする意味があります。また、1月を古い言葉で「睦月」と呼びますが、これは家族みんなが睦み合う月だから名付けられたといわれています。

今天是一月一日（**元日**），是一年第一個值得慶祝（**めでたい**）的日子。

小虎一家在附近的公園欣賞元旦的日出（**初日の出**）。一想到新的一年就要開始，神聖（**神聖**）的心情就一湧而上。

附近的人也都在祝賀彼此新年快樂。看來關係再好也要謹守禮儀啊（**親しき仲にも礼儀あり**）。要記得打從心底（**心をこめて**）問候別人「新年快樂」喲。在新年卡片上面看到的「恭賀新年」（**謹賀新年**）或是「賀歲」（**賀正**）也都有慶祝新年的意思。此外，一月是一家和睦相處（**睦み合う**）的月份，所以又稱為「睦月」喲。

即使關係再好也要謹守禮儀的意思。

【心をこめる】 ★☆☆☆☆
用心、體貼的心情。

【目にする】 ★★☆☆☆
親眼目睹的意思。

【謹賀新年】 ★★★☆☆
「以恭敬的態度祝賀別人新年快樂」的問候語。

【賀正】 ★★★☆☆
祝賀新年的意思。

【睦み合う】 ★★★★☆
和睦相處的意思。

描述賞花的樣子

【うららか】 ★★★☆☆

天氣晴朗、氣溫適中，一片祥和的樣子。

【上機嫌（じょうきげん）】 ★☆☆☆☆

心情非常好的意思。

【華（はな）やか】 ★★☆☆☆

繽紛美麗的樣子。

【浮（う）き立（た）つ】 ★★★☆☆

心情非常興奮的樣子。

【夢中（むちゅう）】 ★★☆☆☆

沉迷於某物而忘我的意思。

キリン君たちが、満開の桜の下でお花見をしています。うららかな春の陽気に包まれて、みんな上機嫌ですね。レジャーシートの上に広げられたお花見弁当や和菓子も、華やかでおいしそう。見ているこちらも、心が浮き立ちます。

クマさんが、お花見団子を夢中で食べていますね。まさにこれこそ、花より団子。でも、野外で食べる食事は格別ですよね。気が置けない友達と一緒なら、なおさらでしょう。

キリン君たちのように桜を見て楽しむお花見は、日本の春の風物詩。千年以上前から行われてきた年中行事です。

長頸鹿跟同學一起在盛開的櫻花下面賞花，在晴朗和穩（うららか）的春日之下，每個人看起來都很開心（上機嫌）。鋪在野餐墊上面的賞花便當與甜點，看起來都很華麗（華やか）美味。在一旁看著的我也覺得好興奮（浮き立つ）。

小熊非常專心（夢中）地吃著賞花糰子，看來比起美麗的櫻花，糰子更加重要（花より団子）。不過野餐的確是特別（格別）好吃對吧，與不分彼此（気が置けない）的朋友一起享用更是如此對吧。

像長頸鹿他們這樣賞櫻花的活動是最能代表日本春天的活動（風物詩），也是從千年之前傳承至今的每年固定活動（年中行事）。

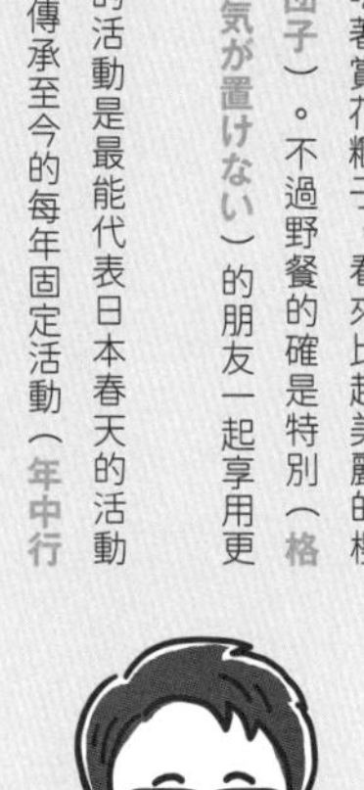

【花より団子】 ★★☆☆☆
比起裝飾華麗的事物，實用的事物更重要。

【格別】 ★★★☆☆
特別、獨樹一幟的。

【気が置けない】 ★★★★☆
不分彼此、無須客氣。

【風物詩】 ★★★☆☆
最能代表該季節的風俗或事物。

【年中行事】 ★★★★☆
每年在固定時期進行的活動、節慶。

說明煙火大會的樣子

【極彩色(ごくさいしき)】 ★★★★☆

利用很多鮮豔的顏色增加色彩的意思。

【轟(とどろ)く】 ★★★★☆

巨大的聲響。

【目を白黒(しろくろ)させる】 ★★★☆☆

眼球因為吃驚或是痛苦不斷轉動的意思。或是驚慌失措的樣子。

【身(み)を包(つつ)む】 ★★☆☆☆

穿著。

夜空に次々と**極彩色**の花火が打ち上げられています。日本の夏の風物詩、花火大会です。会場には花火の音が**轟いて**います。あまりの迫力に、ゾウのおじさんが**目を白黒させて**いますね。

その隣ではネコ君とウサギさんが花火を見上げています。ふたりとも浴衣に**身を包んで**、**涼やか**です。浴衣はもともと湯上がりに着る着物でしたが、蒸し暑い日本の夏に**うってつけ**の遊び着として**親しまれる**ようになりました。

近くには、花火大会に**付き物**の屋台がたくさん出ていますね。食欲を**そそる**食べ物がたくさんあって、**胸が高鳴り**ます。

顏六色（**極彩色**）的煙火接二連三在夜空中綻放。最能代表日本夏季的活動就是煙火大會，整個會場充斥著煙火炸裂的巨大聲響（**轟く**），大象叔叔也因為煙火的迫力而驚訝得眼球一直晃動（**目を白黒させる**）。

坐在旁邊的小貓與小兔也抬頭看著綻放的煙火。她們兩個都穿著（**身を包む**）浴衣，看起來十分涼爽（**涼やか**）。浴衣原本是泡完澡穿的衣服，後來卻變成最適合（**うってつけ**）悶熱的夏季穿的外出服，許多人也都很喜歡（**親しむ**）浴衣。

這附近有許多舉辦煙火大會一定會出現（**付き物**）的攤販。有許多會喚起（**そそる**）食慾的食物，真是讓人興奮（**胸が高鳴る**）啊。

【涼やか】 ★★★★☆
清爽的樣子。

【うってつけ】 ★★☆☆☆
剛剛好，非常合適的意思。

【親しむ】 ★★☆☆☆
近在身邊的存在。

【付き物】 ★★☆☆☆
必定隨之而來的事物。

【そそる】 ★★★★☆
激起情緒或慾望。

【胸が高鳴る】 ★★★☆☆
因為喜悅、期待而興奮。

說明賞楓的樣子

【何気(なにげ)なく】★★★☆☆
沒有特別關注的意思。

【一変(いっぺん)】★★★★☆
事物突然改變的意思。

【心(こころ)を動(うご)かす】★★☆☆☆
感動或是看到讓人興奮、無法冷靜的事物。

【禁物(きんもつ)】★★★☆☆
不受歡迎、不被允許的事物。

【色(いろ)とりどり】★★★☆☆
種類與顏色很多種的樣子。

秋が深まり気温が低くなってくると、草木の葉が色づく紅葉が始まります。**何気なく**見ているいつもの風景も**一変**し、見ている者の**心を動かし**ますね。

シカさん家族が、紅葉狩りにやって来ました。「狩り」といっても、葉っぱをちぎったり、取ったりするのは**禁物**です。お父さんとお母さんも、**色とりどり**に染まった葉を眺めて秋を**満喫して**いますね。

シカさんは、**熱心**に落ち葉を拾っています。今日の思い出に、落ち葉を押し葉にするのも**一興**ですね。野山に出かけ、紅葉した葉を**愛でる**紅葉狩りは、奈良時代の人々も行っていました。

每到深秋，氣溫下降的時候，樹木的葉子就會開始轉紅，平平無奇（**何気なく**）的風景也會突然改變（**一変**），讓人覺得很感動（**心を動かす**）。

小鹿一家也來賞楓，不過只能欣賞，摘下楓葉可是禁止（**禁物**）的喔。爸爸、媽媽看著色彩繽紛（**色とりどり**）的葉子，盡情享受（**満喫**）秋天的風景。

小鹿一心一意地（**熱心**）撿著落葉。將落葉做成標本，也能為今天的回憶增添趣味（**一興**）。奈良時代的人也會走進深山，欣賞（**愛でる**）紅葉喲。

【満喫する】 ★★★☆☆
充份享受開心的氣氛。原本是「充份享受美食」的意思。

【熱心】 ★☆☆☆☆
投入單一事物的意思。

【一興】 ★★★★☆
有點有趣的意思。

【愛でる】 ★★★☆☆
看起來很可愛，欣賞美麗事物的意思。

說明打雪仗的樣子

【銀世界】（ぎんせかい）★★★☆☆

下雪下到周圍的風景都變成白白一片，相當於中文的銀色世界。

【目覚ましい】（めざ）★★★☆☆

令人驚豔的意思。

【百人力】（ひゃくにんりき）★★★☆☆

得到強力幫手的意思。

【獅子奮迅】（ししふんじん）★★★★★

如獅子暴走般的氣勢投入某項事物的意思。

【持ち前】（もちまえ）★★★☆☆

雪が降りつもり、一面の**銀世界**が広がっています。キツネ君たちが雪合戦をしていますよ。キツネ軍とウサギ軍に分かれての勝負です。

アライグマ君が**目覚ましい**働きをしていますね。次々と雪玉を丸めて、味方に渡しています。アライグマ君がいれば、**百人力**ですね。一方、キツネ軍で**獅子奮迅**の活躍を見せているのは、テナガザル君。**持ち前**の長い手足をいかして投げる雪玉は、**百発百中**を誇ります。

みんな、寒さを**物ともせず**に遊んで**頼もしい**ですね。昔から「**子供は風の子**」と言いますが、「風邪の子」にならないように気をつけてくださいね！

雪越下越多，讓整個世界變得一片雪白（**銀世界**）。小狐狸與他的同學正在打雪仗。這是一場分成小狐狸陣營與小猴子陣營的比賽。

小浣熊的動作讓人非常驚豔（**目覚ましい**），接二連三將揉好的雪球交給隊友。只要有小浣熊當隊友，就像是得到了一百位隊友（**百人力**）的幫助。另一方面，小狐狸陣營的長臂猿也有如獅子般迅猛（**獅子奮迅**）。與生俱來（**持ち前**）的長手長腳讓他丟出去的雪球百發百中（**百発百中**）。

大家都不知寒冷為何物（**物ともせず**），看起來真是可靠（**頼もしい**）。雖然台語說「小孩屁股有三盆火」（**子供は風の子**），但是還是不要感冒比較好喔！

與生俱來的才能。

【百発百中】 ★★★☆☆

射箭或是射擊都打中目標的意思。

【物ともせず】 ★★★☆☆

不害怕任何困難與障礙。

【頼もしい】 ★☆☆☆☆

非常可靠的意思。

【子供は風の子】 ★★☆☆☆

小孩不怕冷風，冬天也在外面玩得很開心的意思。

描述聖誕節的樣子

【立派（りっぱ）】★☆☆☆☆
氣度不凡、優秀的模樣。

【彩る（いろどる）】★★☆☆☆
以各種顏色著色或裝飾。

【きらびやか】★★★☆☆
金碧輝煌的樣子。

【所狭しと（ところせましと）】★★★☆☆
場所或空間塞了很多東西的擁擠樣子。

【腕によりをかける（うでによりをかける）】★★★★☆
打算盡情發揮本領之意。

コアラさんのおうちに、立派なクリスマスツリーが飾られていますね。ライトやオーナメント（かざり）に彩られて、とてもきらびやかです。今夜はクリスマスイブ。「聖夜」とも呼びます。

食卓には、ごちそうが所狭しと並んでいます。お父さんとお母さんが、腕によりをかけて作ってくれたのでしょうか。とても豪華で、見ているこちらはよだれが出そうです。

今夜はサンタクロースがこっそりやって来て、枕元にプレゼントを届けてくれます。コアラさんも、期待に胸をふくらませて眠りにつくことでしょう。明日の朝が待ち遠しいですね！

無尾熊一家有一棵裝飾得很宏偉（**立派**）的聖誕樹。這棵聖誕樹以各種燈光與裝飾品點綴（**彩る**）之後，看起來閃閃發亮又華麗（**きらびやか**）。今天晚上是聖誕節的前一個晚上，又稱為「聖誕夜」。

餐桌上堆滿（**所狭しと**）了大餐，爸爸、媽媽應該是盡情發揮了廚藝（**腕によりをかけて**）吧，看起來真的十分豪華（**豪華**），讓人垂涎三尺（**よだれが出る**）。

今天晚上，聖誕老人會悄悄地（**こっそり**）來到枕頭旁邊放下禮物，想必無尾熊也會滿心（**胸をふくらませる**）期待地睡著吧。明天早上怎麼還不快點（**待ち遠しい**）來臨呢！

【豪華】 ★★☆☆☆

奢華、華麗的意思。

【よだれが出る】 ★★★★☆

非常想吃的樣子。

【こっそり】 ★☆☆☆☆

悄悄地，不讓別人知道。

【胸をふくらませる】 ★★★☆☆

滿心喜悅與希望的樣子。

【待ち遠しい】 ★☆☆☆☆

希望早日實現，等待很久的樣子。

說明除夕夜的樣子

【なごやか】 ★★☆☆☆

安祥平穩的樣子。

【除夜の鐘】（じょや／かね） ★☆☆☆☆

除夕夜從寺廟傳來的鐘聲。「除夜」為除夕夜的意思。

【大晦日】（おおみそか） ★☆☆☆☆

十二月三十一日。「晦日」是「三十日」，也就是一個月最後一天的意思，由於除夕夜是一年的最後一天，所以才冠上「大」這個字。

【おごそか】 ★★★★☆

莊嚴神聖的樣子。

ヒツジ君が、家族で**なごやか**におそばを食べています。テレビには**除夜の鐘**の様子が映っています。今日は1年の締め括りである**大晦日**。今年も終わりかと思うと、**おごそか**な気持ちになりますね。

大晦日におそばを食べる「年越しそば」の風習は、江戸時代に始まりました。そばのように細く長く生きられるよう、**長寿**の願いが込められています。

全部で108回つかれる除夜の鐘は、その音を聞くたびに、**煩悩**が消えるといわれています。人間の煩悩の数も108個。108回の鐘が鳴り響いたあとに、**まっさら**な気持ちで新年を迎えます。

綿羊一家正在家裡和樂融融（**なごやか**）地吃著蕎麥麵。電視正在播放除夕夜敲鐘（**除夜の鐘**）的畫面。今天是一年結尾的除夕（**大晦日**）。一想到今年也要結束了，心情就變得莊嚴神聖（**おごそか**）。

日本人習慣在除夕當天吃蕎麥麵。這個「過年蕎麥麵」的風俗是於江戸時代開始，帶有每個人都像又細又長的蕎麥麵一樣長壽（**長寿**）的願望。

據說總共一〇八聲的除夕夜鐘聲能消除所有煩惱（**煩惱**），因為人類的煩惱共有一〇八個。在一〇八聲的除夕夜鐘聲響完後，就以全新（**まっさら**）的心情迎接新年。

【長寿】 ★★★☆☆
活得很久的意思。

【煩悩】 ★★★★☆
讓身心痛苦、生氣、任性、憎恨的心情。原本是佛教用語。

【まっさら】 ★★★☆☆
全新，沒人使用過的意思。

遇到與身體部位有關的慣用句時，可以試著動動身體，讓自己記住這些慣用句。比方說，可以模仿「腰が抜ける」這個動作，實際體驗有多麼驚訝或是恐懼的感覺喲。

ステップ
STEP
3

增強轉換為正向描述的溝通能力！

不要再讓自己因為不經意的一句話傷害別人或是惹怒別人了！
讓我們進一步學習用詞遣詞的溝通技巧，
別再因為「我其實沒有那個意思的……」而感到後悔吧！

看到朋友的房間亂七八糟

放學後，去朋友家玩。跟朋友的媽媽打過招呼之後，便進入朋友的房間。朋友說了句「請進」之後打開門，沒想到看到的是比想像中更亂的房間。

有可能不小心說出這句話！

うわっ、汚れてるね……

哇，好髒亂喔……

轉為正向角度

自由に住めていいなぁ！なにか面白いものある？

能夠住得這麼隨性很棒耶！有什麼有趣的東西嗎？

なんだか不思議とリラックスできる部屋だね

這房間真讓人莫名覺得放鬆耶。

解說

不否定亂七八糟的狀態，試著找出房間的優點。例如可以試著換個角度說：「太過整齊的房間會讓人很緊張，沒辦法放鬆」，轉換視角是關鍵喲。

覺得料理不好吃的時候

今天晚上是所有親戚在爺爺家團聚的餐會。在眾多菜色之中，有一些第一次看到的料理。沒想到吃進嘴巴之後，覺得很難吃！沒想到這時候被親戚問「味道如何？」

有可能不小心說出這句話！

う〜ん、おいしくないです

嗯，不太好吃耶！

轉為正向角度

初めて食べる味です！

是第一次吃到的味道耶！

私には、まだ早いかも？大人の味がします

我可能還吃不出什麼味道，這應該是屬於大人的味道吧！

解說

不要以「好吃」、「不好吃」評論料理，而是要試著從自己的角度思考料理的味道。長大之後，覺得好吃的料理也會變多喲。

覺得朋友的服裝很怪、很土的時候

星期天跟幾個好朋友一起出去玩。沒想到其中有一位朋友穿著有點奇怪的衣服來。其他的朋友悄悄地跟你說：「你不覺得有點土嗎？」

有可能不小心說出這句話！

そうだよね。
変(へん)だよね？
對耶，的確很奇怪耶！

轉為正向角度

個性的(こせいてき)でいいと思(おも)うな！
我覺得很有個性，很棒啊！

○○ちゃんに似合(にあ)っていて素敵(すてき)だと思(おも)うよ
我覺得很適合○○穿啊！

解說

要穿什麼衣服，戴什麼配件，留什麼髮型都是對方的自由，只以自己的標準批評這些事情，實在不太好。讓我們重視自己的個性與朋友的個性吧！

看到書法練習作品被貼在牆上之後，同學說了一句話

寒假結束後，教室的走廊貼了書法練習作品。正當自己在欣賞這些作品時，同學走過來喃喃自語地說：「我的書法還真是寫得很爛耶。」雖然這位同學的書法的確寫得不怎麼樣……。

有可能不小心說出這句話！

うーん、まぁ、ビミョー!?

嗯，的確很難說是寫得好啊！

轉為正向角度

ていねいに書いたのがわかるいい作品だよ

看得出來是很用心寫的作品喲。

勢いのある字だから見ていてスカっとするよ

我覺得這書法寫得很有氣勢，讓人覺得很痛快喲。

解說

聽到別人說「寫得很糟」時，不能立刻贊同對方的說法對吧？不過，朋友的心情的確很低落。試著找出朋友的書法有哪些優點，給他一點鼓勵吧！

鼓勵考試考得不好，心情沮喪的朋友

放學後，大家在回家的路上聊到漢字考試的事情。正當大家都說：「我考了一百分喲」、「我也是！」、「這次的考試很簡單耶」，有一位朋友因為「沒考好」而沮喪。

解說

提到「下次」會讓人覺得這次不夠努力對吧？建議大家先認同朋友的努力，再試著鼓勵對方吧。

「你還真是認真耶」是讚美嗎？

現在是掃地時間。有些同學一邊打鬧，一邊掃地，但有一位同學很認真地在掃地。如果你想跟他說「你真了不起」，該怎麼說才好呢？

轉為正向角度

解說

「認真」有埋頭苦幹的意思，但有時候會有種「裝什麼模範生啊」的語氣，所以要讓對方知道，你真的在稱讚他喲！

看到朋友正在吵架，想要當和事佬的話

午休的時候，大家在操場玩「不倒翁」這個遊戲。當鬼的同學對著某個同學說：「○○，你動了」，被點到名字的同學氣得大喊：「我才沒動！」結果兩個人就吵了起來。得趕快制止他們兩個才行！

有可能不小心說出這句話！

そんなことでケンカしてるの？
やめなよ
不要為了這點小事吵架啦！

轉為正向角度

ケンカすると
みんなが楽しくないよ
吵架會讓大家都變得不開心喲！
ケンカすると
せっかくの休み時間が
もったいないよ
不要拿難得的午休時間來吵架啦！

解說

就算說「別吵了」，正在吵架的人也聽不進去對吧。這時候若能讓他們知道，吵架會帶來什麼不好的結果，他們應該就會冷靜下來了。

忘記把學校要給爸媽的通知單交給爸媽

準備明天上學要用的東西時，突然發現書包的底部有張皺巴巴的紙。打開一看，上面寫著「家長通知單」，看來很久以前就收到這張通知單了。要交出去的時候，該說什麼呢？

有可能不小心說出這句話！

ごめんなさい。
これ、知らないうちに
どっかいっちゃってて……

對不起，我不小心把這張通知單塞到書包底部了。

轉為正向角度

渡すのが遅くなってごめんなさい。
これからはその日のうちに
渡すようにします

對不起，我太晚交這張通知單了，我以後會在期限之內交的。

解說

每個人都會犯錯，但是找藉口會讓自己的道歉顯得很沒誠意。道歉時，要先認錯，然後告訴對方今後的解決方案。

贊成某一邊意見的時候

明天全家要去外面吃飯，所以正在討論要吃什麼。姐姐想吃迴轉壽司，哥哥則想吃燒肉。該怎麼表達自己贊成迴轉壽司呢？

轉為正向角度

たしかに焼肉もいいけど
イクラとサーモンが食べたいから
回転寿司がいいな

我知道燒肉很好吃，但我想要吃鮭魚卵與鮭魚，所以覺得迴轉壽司比較好。

解說

否定對方的意見，會讓對方覺得不舒服，所以先接受對方的意見，再說出反對的理由，就能讓氣氛保持和平喔。

隊友在比賽時失誤

隊友在足球決賽時失誤，導致被對手踢進關鍵球。這不是第一次失誤，教練與隊友也已經多次提醒這位隊友。

有可能不小心說出這句話！

だから気をつけるように言ったじゃないか！

就叫你要小心了啊！

轉為正向角度

ドンマイ！
切りかえていこう！

不要在意！換個心情再加油吧！

解說

此時最難過的就是失誤的隊友自己對吧？但是再怎麼強調失誤已經於事無補，所以不要再責備失誤的同伴或是朋友了。

是哪種「沒關係」？

去朋友家玩的時候，朋友的媽媽問：「要不要再吃點點心？」由於吃了剛剛拿過來的點心，所以肚子已經很飽了。這時候該怎麼拒絕呢？

有可能不小心說出這句話！

ありがとうございます。
大丈夫(だいじょうぶ)です

沒關係，感謝阿姨。

轉為正向角度

ありがとうございます。
たくさん食(た)べたので
もう十分(じゅうぶん)です

感謝阿姨，剛剛已經吃得很滿足了。

解說

「沒關係」有「知道了」、「可以啊」的意思，但也有「不需要」或是「不用客氣」這種拒絕對方的語氣。所以要讓自己的回答更直接了當，才不會造成誤解喲。

開班會的時候，沒人發表意見

今天班會輪到你主持。議題是「打造更美好的校園生活」，但是沒人要發表意見。這還真是麻煩啊。讓我們試著請同學發言吧。

有可能不小心說出這句話！

誰(だれ)かなにかいい意見(いけん)はありませんか？
有沒有人要提供什麼好意見啊？

轉為正向角度

思(おも)いついたことがあればなんでもいいので出(だ)し合(あ)いましょう！
如果有想到什麼方法，不管是什麼意見，都拿出來討論吧！

解說

班會的重點不在於提出好意見，而是一起討論。試著婉轉地請大家發表意見，別再用「有誰有什麼好意見」這種非得提出好意見才能發表的語氣限制大家的發言喲。

當你知道的事情成為話題時

在上學途中，朋友提到「那部動漫要拍成電影了耶！」不過你早就知道這個消息。有時候我們會不小心說出：「我早就知道了啦」這種話對吧……。

解說

聽到別人說「這件事我早就知道了啦」，會讓別人沒辦法繼續聊下去對吧。大家可以說說自己的感想，或是換成「我早就知道了啦」以外的說法，對話會變得更熱烈喔。

拜託別人的說法哪種比較好？

你發現借的書明天就要還給圖書館，所以想要趕快讀一讀，沒想到弟弟回到家之後，一直吵著要你陪他玩。該怎麼跟弟弟說，不要再吵你了呢？

本を読んでいるから話しかけないで！

我在讀書，你不要吵我啦！

轉為正向角度

本を読んでいるから静かにしてほしいな

我在讀書，能不能先安靜一下嗎？

本を読んでいるからひとりにしてほしいな

我在讀書，想要一個人安靜待著喔～

解說

在拜託別人的時候，與其說「不要～」（～しないで），不如說成「能不能～」（～してほしい），對方也比較容易接受。用溫柔平和的口氣拜託也是重點喲。

要提醒朋友時的說法

在午休的時候，同學用平板電腦看影片。老師說不能在上課之外的時間看影片。讓我們一起提醒朋友關掉影片吧。

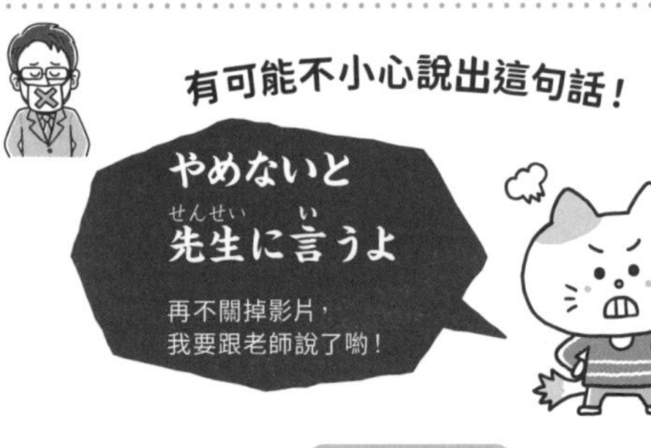

轉為正向角度

気持ちはわかるけど
学校のきまりを守ろうよ

我知道你很想看，但還是要遵守校規喲！

解說

要提醒別人是一件很難的事情對吧。雖然「我要跟老師說了喲」可以讓同學立刻關掉影片，但是會讓對方覺得很不舒服，所以與其拿老師當藉口，不如試著讓對方知道遵守校規是件很酷的事情吧。

說別人壞話的朋友問你「你也這麼覺得對吧？」的時候

平常交情很不錯的兩位同學似乎吵架了。其中一人突然跟你說：「那個同學有點任性對吧？你也這麼覺得吧？」。

有可能不小心說出這句話！

たしかにねぇ

的確是這樣耶！

轉為正向角度

ん～、そうかなぁ？

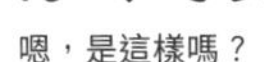

嗯，是這樣嗎？

解說

雖然可以跟對方說：「不要在背後說別人壞話」，但有時候沒辦法這麼說對吧？如果跟對方說：「的確是這樣耶」，會讓對方以為你認同他的說法，所以盡可能不要這樣說喲。

想拜託媽媽幫你買遊戲的時候

你的生日快要到了，媽媽也問你想要什麼生日禮物，所以你跟媽媽說，你有一款遊戲很想要，但是媽媽卻面有難色。如果希望媽媽買給你，該怎麼拜託媽媽呢？

有可能不小心說出這句話！

みんなもっているんだよ。
だから、買(か)ってよ

大家都有，我也想要有。

轉為正向角度

○○君(くん)と××さんと
△△君(くん)ももっているほど
面白(おもしろ)いゲームだから、
私(わたし)も欲(ほ)しい

這款遊戲有趣到○○跟××還有△△都有，所以我也想要。

お手伝(てつだ)いもするし、
ゲーム時間(じかん)の
きまりも守(まも)るから、
買(か)ってください

我會幫忙家事，也不會玩到忘了時間，可以買給我嗎？

解說

讓媽媽知道「不是因為朋友都有，所以才想要，而是因為遊戲很有趣，所以才想要」。也可以透過幫忙家事或是遵守約定這些條件跟媽媽商量喲。

朋友緊張得全身發抖

今天是音樂發表會，大家為了這天拼命地練習。在前往體育館的時候，朋友跟你說：「我緊張得手都在發抖」。讓我們試著鼓勵這位朋友吧。

有可能不小心說出這句話！

緊張(きんちょう)しないで
がんばって！期待(きたい)してるよ！
不要緊張啦，加油！
我很期待你的表現喲。

轉為正向角度

わかるよ、緊張(きんちょう)するね。
でも、ワクワクした気持(きも)ちにもなるね
我懂我懂，真的會緊張，可是也很興奮對吧！

解說

跟很緊張的人說「不要緊張」，有時反而會造成反效果。讓對方知道你了解他的心情，再試著鼓勵對方，讓對方更有勇氣與幹勁吧。

聽到沒什麼興趣的事情時該怎麼辦？

午休的時候，同學聊到電視節目的事情。你沒看那個節目，也對那個節目沒什麼興趣。讓我們換個兩個人都覺得有趣的話題吧。

ふーん。そんなことより、あの YouTube（ユーチューブ） チェックした？

比起那個節目，你看過那個 YouTube 影片了嗎？

轉為正向角度

そうなんだ！
ところで、あの YouTube（ユーチューブ）
チェックした？

這麼有趣喔！話說回來，
你看過那個 YouTube 影片了嗎？

解說

聽到沒興趣的事情時，我們通常會不經意地回答「嗯」、「喔」對吧？與其跟對方說「比起那個節目」，不如利用「話說回來」這種比較委婉的語氣換個話題會比較好。

朋友的方法好像行不通的時候

現在是學寫程式的課。你跟同學一組，正在撰寫驅動機器人的程式。你跟同學檢查彼此寫的程式之後，發現這樣的程式好像沒辦法讓機器人動起來。

有可能不小心說出這句話！

この方法(ほうほう)は間違(まちが)ってるよ

我覺得這個方法是錯的喲！

この方法(ほうほう)だと失敗(しっぱい)するよ

不換個方法會失敗喔！

轉為正向角度

そういう方法(ほうほう)もあるけど、
私(わたし)はこうした方(ほう)がいいと思(おも)う

雖然那樣也是一種方式，不過這個方法也不錯耶！

解說

對話就像是傳接球遊戲，突然丟出「這樣會失敗」或是「這樣是錯的」會讓對方嚇一跳或是生氣對吧。大家不如先認同對方的做法再提出建議。

在電子郵件或是聊天軟體寫的內容，有時會引起意想不到的糾紛，所以千萬不要寫一些會惹怒別人或是傷害別人的內容喲。

培養觀察力，找出「重點」的訓練

無法從不同的角度觀察事物的人，不管看到什麼，都只有千篇一律的感想。讓我們以名畫或照片為例，訓練自己的觀察力吧。

試著觀察富士山吧！

富士山

橫跨山梨縣與靜岡縣的獨立峰活火山。標高為3,776公尺，是日本第一高山。因為扇型的優美姿態成為眾多藝術作品的題材，也是日本聞名世界的象徵。儘管大部分為國有地，但從3,360公尺到山頂這塊地區為富士山本宮淺間大社（靜岡縣富士宮市）的土地。目前也是世界文化遺產。

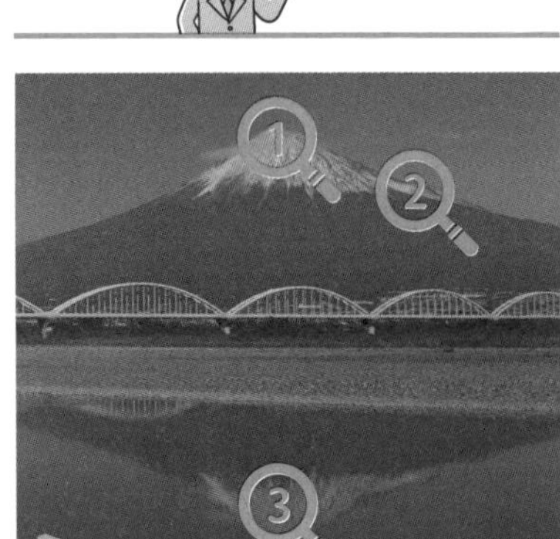

① 其實不是一座山!?

美麗的富山士其實是在過去不斷地爆發之後，由溶岩以及其他的火山爆發噴出物所累積而成的模樣。我們熟知的新富士底下還有古富士火山、小御岳火山、先小御岳火山，是耗費幾十萬年才得以累積成現在的形狀。

② 這邊的突出部分是什麼？

這張照片是從靜岡縣望過去的富士山。一般認為，在右邊像是肩膀外突的部分是①提到的小御岳火山的山頂，差不多是位於富士山的五合目附近，這個山頂還有富士山小御嶽神社。

③ 倒映富士

可以發現前景的水面出現了顛倒的富士山對吧。這就是所謂的逆富士，也就是富士山的倒影。從很久以前，日本人就連倒映在水面的富士山都很喜愛，也替這種景象取了逆富士這個名字。千元紙鈔背面畫了於本栖湖（山梨縣南都留郡）倒映的逆富士喲。

【獨立峰】

連綿不絕的山脈稱為「連峰」或「山脈」，而單獨的山峰則稱為獨立峰，也稱為獨峰或單獨峰。最有名的獨立峰就屬非洲大陸的吉力馬札羅山。

【富士山本宮淺間大社】

座落於靜岡縣富士宮市。主要祭祀的是山神的女兒木花開耶姬這位女神。

【本栖湖】

位於富士山北麓的湖。與周邊的山中湖、河口湖、西湖、精進湖合稱「富士五湖」。

試著觀察
天橋立吧！

天橋立

天橋立是位於京都府宮津市的名勝，也是隔開面臨日本海的宮津灣（照片右側）與汽水湖的阿蘇海（照片左側）的沙洲。寬度約為20～170公尺，全約約為3.2公里，沙洲上面長滿6,500棵以上的松樹。與「松島（宮城縣）」「嚴島（廣島縣）」合稱日本三景。

① 被譽為升龍的景觀

天橋立最為有名的景色就是背對著天橋立，往前彎腰，從雙腳之間觀賞的景色。這種天地顛倒的天橋立也有飛龍升天的感覺喲。大家可以用照片試試看會不會看到飛龍升天的景色！

② 看起來也像是向天際綿延的橋？

自古以來，從雙腳之間看到的天橋立也被譽為是向天際綿延的橋喲，也有神話提到，天橋立是創造日本國土的神明為了前往天上所架的梯子，因此這裡才被命名為「天橋立」喲。

③ 改變樣態的沙洲

天橋立是海流搬來的沙子與小石頭堆成的沙洲。戰後，曾為了避免河底變薄而在河川蓋了防沙堰堤，所以海流搬來的沙子變少，也導致天橋立的模樣與過去不同了。

【汽水湖】汽水湖是與海水相連的湖泊，充滿了淡水與海水混合的「汽水」。宍道湖（島根縣）或是濱名湖（靜岡縣）都是知名的汽水湖。

【升龍】升天的龍或是龍本身的畫作。龍是想像中的動物，也是吉祥的象徵，自古以來都是各種畫作或是雕刻的題材。

【堰堤】阻止河流或是沙石的堤防。規模比水壩還要小。

試著觀察 嚴島神社吧！

嚴島神社

嚴島神社位於廣島縣廿日市市的宮島，根據傳承的說法，是於西元593年所建造。平安時代末期的武將平清盛常來此參拜，後白河法皇與高倉上皇這些皇族也曾來這裡參拜。嚴島神社的嚴島與「松島（宮城縣）「天橋立（京都府）」合稱日本三景，也是世界文化遺產。

① 位於海上的神社以及大鳥居

自古以來，整座島都被奉為神明棲息的神聖場域，每棵樹木、每顆石頭都有神明棲宿。為了儘可能不傷到神明，所以才選擇在海上建造神社與鳥居，而不是在陸地建造。

② 平安時代的建築風格

身為平氏棟樑（核心人物）的平清盛將嚴島神社視為守護神。每當平清盛成功擴大自己的勢力，就會建造豪華的社殿、獻上美術品，許多社殿與美術品也保留至今，平安時代的技術也傳承到現代。

③ 大鳥居

這座以楠木、杉木建造的大鳥居的棟（最上層）寬度為24.2公尺，高度為16.6公尺，主柱的周長為9.9公尺，總重量則約為60噸。這座大鳥居單憑自己的重量就得以在海中屹立不搖，真的是讓人非常驚訝啊。現在的大鳥居為第九代，是於一八七五年建造的喲。

【平清盛（1118～1181）】
於平安時代末期帶領平氏進入全盛時期的武將。曾以武士的身份擔任第一任的太政大臣，促進日本與宋朝之間的貿易。

【日本三景】
江戶時代的儒學者林春齋在著作《日本國事跡考》將松島、天橋立與嚴島盛讚為日本三景而得名。

【伊都岐島神社】
自古以來，嚴島就因為「祭祀神明之島」而被稱為「伊都岐島」。嚴島神社大鳥居的匾額（面向神社那邊）寫著「伊都岐島神社」。

姬路城

姬路城是位於兵庫縣姬路市的城廓。一般認為，姬路城是由赤松貞範在1346年所建，但目前仍眾說紛云。五層六階的大天守與三棟的小天守已被指定為國寶。目前的大天守是於1609年所建造。1993年與法隆寺（奈良縣）一同被指定為日本最初的世界文化遺產。

① 純白的牆壁

由於姬路城的城牆以白漆塗成純白的顏色，看起來又很像是白鷺展翅的優美模樣，所以又被稱為「白鷺城」。竣工之後，幾乎未受戰火波及，所以又被稱為「不戰之城」。

② 雄偉的石垣

支撐姬路城城廓的石垣也十分引人注目。這些石頭都是從附近的山巒採集後，再搬到姬路城，而且還使用了石棺、石臼與墓石建城，而這些石頭又稱為「轉用石」喲。

③ 連屋簷都是純白的？

姬路城在登錄為世界文化遺產之後，大天守的牆壁就重新塗裝，屋簷的瓦片也重新修葺，這就是所謂的「平成大整修」。由於瓦片之間的接縫也塗上了白漆，所以連屋簷看起來都是整片雪白的樣子。這張照片是整修之後的模樣喲。

【赤松貞範（？～1374）】
鎌倉時代後期～南北朝時代的武將。是美作國（岡山縣）守護。據說做為姬路城雛型的城池是於一三四六年建造的。

【不戰之城】
太平洋戰爭爆發後，姬路城的天守曾被美軍的燒夷彈擊中，卻因為這是枚啞彈，所以躲過祝融之災。

【漆喰】
將黏土、細線、布海苔這類東西拌入消石灰，再以水攪拌均勻的漆，可用來塗抹牆壁。具有防火、耐火的效果，常用來塗在收藏珍貴物品的倉庫牆壁。

試著觀察 白川鄉合掌村集落

白川鄉合掌村集落

白川鄉合掌村集落位於岐阜縣西北部的白川村，其中有不少狀似合掌形狀的民宅。這種合掌形狀的民宅在時常下大雪的飛驒地區傳承已久，是當地著名的建築樣式。富山縣的五箇山也有相同的合掌民宅，這兩處合掌村都已被登錄為世界文化遺產。

① 斜度極陡的屋簷

合掌村的民宅是茅草屋頂，而這種茅草屋頂的斜度就像是「合掌」之後，兩手臂合成的斜度。這其實是為了讓屋頂的積雪能夠自然滑落的設計，而且連風向以及向陽面都計算在內，所有屋簷都面向東西兩面而建也是特徵之一喲。

② 屋簷裡面有什麼？

合掌民宅為四～五樓式建築，一～二樓為起居空間，三樓以上則是被稱為「天」的工作空間。這裡的村民會在工作空間養蠶，生產生絲。採光良好又十分通風的工作空間很適合養蠶。

③ 這裡到底是怎麼樣的地方呢？

被高山峻嶺環繞的白川鄉在過去因為交通不便而被稱為「祕境」。夏天雖然涼爽，但是到了冬天之後，有可能會出現兩百公分以上的積雪。白川鄉的居民會透過「結」這種組織幫助彼此的生活。

【五箇山】
位於富山縣西南部的山村地區。行政地區為南礪市。這裡與白川鄉一樣，在江戶時代都盛行養蠶。

【茅草屋頂】
茅草屋頂是日本古宅常見的屋頂，能有效阻絕熱氣與噪音之外，也很通風，唯一缺點就是很容易引起火災。早在繩文時代的豎穴住居就已發現茅草屋頂的痕跡。

【結】
由各個家庭幫助彼此維持生活以及支援工作的組織，各家也會透過這個組織幫助彼此修葺屋頂。

試著觀察鎌倉大佛吧！

鎌倉大佛

鎌倉大佛是位於神奈川縣鎌倉市高德院的佛像，正式的名稱為「銅造阿彌陀如來坐像」。大部分的人都稱為「鎌倉的大佛」或是「長谷的大佛」。據說是於1252年開始建造。在鎌倉市現存的佛像之中，只有鎌倉大佛被指定為國寶。

值得注意的重點

① 為什麼會座落於戶外？

根據紀錄指出，大佛完成時，其實有保護大佛的大佛殿，但是這座大佛殿在十四～十五世紀被暴風與大地震摧毀，所以整座佛像也因此露天而坐、飽受風雨摧殘，到了江戶時代中期之後才又整修完成。

② 與七五〇年前的模樣相同

這座高約十一點三公尺，重量約一二一噸的大佛與建造當初的模樣完全相同，在日本的佛教藝術史上，是非常珍貴的歷史遺跡。那引人矚目的模樣也在《英國商館館長日記》以及其他歐美的古老史料屢屢登場。

③ 獨特的髮型

鎌倉大佛的頭部被六五六個突起構造覆蓋。這種被譬為「螺髮」的突起構造就像是一束束頭髮捲起來的樣子。一般的佛像都是往右捲，唯獨鎌倉大佛是往左捲，所以連髮型也是獨一無二的呢。

【阿彌陀如來】

位於西方極樂淨土中心的佛。是淨土宗的本尊。當淨土信仰開始普及，便出現了許多阿彌陀如來的彫像與圖像，到了平安中期之後，便成為淨土美術的核心。佛像會讓拇指與食指、中指或無名指捻成環狀與結成佛印。

【英國商館館長日記】

在日本鎖國之前，平戶有座英國商館，在這座商館擔任商館長的理查·考克斯（Richard Cocks，1566～1624）曾以英文寫下公務日記，即《英國商館館長日記》。記載了江戶時代初期的日本樣貌與外交關係，是珍貴的歷史資料。

試著觀察原爆圓頂館吧！

原爆圓頂館

原爆圓頂館是位於廣島縣廣島市的舊廣島縣產業獎勵館的遺跡。原本這裡是用來展示與銷售廣島縣物產的設施，卻在第二次世界大戰的1945年8月6日遭受人類史上第一顆原子彈的熱能與爆風轟炸，沒想到卻奇蹟式地保留了部分樣貌下來，也因此被稱為「原爆圓頂館」。目前為世界文化遺產。

① 何以這棟建築物會留下來？

因為原子彈是於這棟建築物的正上方爆炸。據推估，爆風的秒速約為四四〇公尺，但因為是於建築物正上方作用，所以側面的牆壁與屋頂的鋼骨才得以保存。據說當時在這棟建築物裡面的所有人在爆炸的瞬間全部死亡。

② 週遭還有什麼？

原爆圓頂館位於廣島市中心地帶的平和記念公園之內。雖然這張照片沒有拍到，但其實週遭有許多現代的高樓大廈喔。為了維持這裡的景觀，位於圓頂館北側的建築物都有高度限制。

③ 禁用核武與和平的象徵

廣島市決定永遠保存這座建築物。許多人希望這座建築物能成為禁用核武、實現和平的象徵，所以透過募款的方式進行保存這座建築物的工程。一九九六年，原爆圓頂館也登錄為世界文化遺產。

【第二次世界大戰】
一九三九年～一九四五年，由日、德、義三國組成的軸心國，以及美、英、法、蘇組成的同盟國彼此對抗的世界大戰。

【原子彈】
利用核反應製作的炸彈。這是首次於戰爭應用的核武，被原子彈轟炸的廣島與長崎也有許多人因此犧牲。

【世界遺產】
基於UNESCO世界遺產公約登錄的文化財產、遺跡與自然環境。也有文化遺產、自然遺產與複合遺產的分類。

試著觀察

奇跡的一本松

這是在東日本大地震（三一一大地震）海嘯過後，於岩手縣陸前高田市海岸倖存的一本松。這片海岸原本有耗費350年植林的「高田松原」，卻被海嘯摧毀殆盡。在海水滲入土壤之後，這棵奇跡的一本松隨之枯萎，但在特殊的加工之後，成為記念震災的象徵物。

① 消失的松林

飽受海風與飛沙侵襲的這片海岸原本是寸草不生之地，進入江戶時代之後，菅野杢之助與松坂新右衛門散盡家財，在此種植了松樹的樹苗。也長成一片長達兩公里的高田松原，可惜卻被海嘯吞沒。

② 希望與復興的象徵

這棵挺過海嘯的松樹被視為希望與復興的象徵，不知不覺也被稱為「奇跡的一本松」。儘管因為浸泡在海水之中枯死，但為了保存它，從全世界募得近兩億日圓的捐款。

③ 為什麼只剩下一棵松樹存活？

①照片遠景處的建築物替這棵松樹擋住了海嘯的衝擊。②附近的高架道路減弱了海嘯退去之際的拉力。③這棵松樹比周圍的松樹更加高大。一般認為，「奇蹟」就是在這三個條件同時成立之下發生的。

【東日本大地震】
東日本大地震是於二〇一一年三月十一日發生的地震（東北地區太平洋近海地震），最大的震度為宮原縣栗原市的七級。在日本國內觀測史上留下最大地震規模九點零的紀錄，東日本各地也慘遭摧殘。尤其東北地區沿岸還被高達四十點五公尺的大海嘯襲擊。死亡與失蹤人數約為一萬九千人。

【震災遺跡】
為了讓後人了解東日本大地震的海嘯造成多大災害並引以為戒，決定保留的建築物或植物。

葛飾北齋的

試著觀察
〈富嶽三十六景 神奈川沖浪裏」

〈富嶽三十六景 神奈川沖浪裏〉

這是全世界最有名的浮世繪畫師葛飾北齋（1760～1849年）繪製的富士山木版畫系列「富嶽三十六景」的其中一幅。這幅被譽為葛飾北齋最高傑作的畫作讓他聲名大噪，據說也影響了荷蘭印象派畫家梵谷以及法國作曲家德布西，在國外被眾人稱為「The Great Wave（大浪）」。

① 真實又充滿魄力的海浪

北齋究其一生都不斷地想畫出栩栩如生的海浪，而這幅〈神奈川沖浪裏〉是他在七十歲之後畫出的作品，水滴與浪頭四濺的模樣就像是用高速相機拍下來的波浪照片。

② 靜與動的對比

在大浪的另一側是穩如泰山的富士山。前景則有一艘像是準備被大浪吞沒的小船，讓觀者更覺得這波大浪來勢洶洶。北齋透過這種靜與動的對比，呈現了雄偉的景色。

③ 拼死划船的人們

在巨浪之間有三艘押送船——是從房總半島或伊豆將海產運到江戶魚市場的快速船。船上有三根桅杆與七枝櫓（船槳），坐在船後方的人們正在拼命地划動船槳。

【富嶽三十六景】

富嶽三十六景為富士山木版畫系列畫作，其中的「凱風快晴（又稱赤富士）」與「山下白雨」也是知名的傑作。

【浮世繪造成的影響】

十九世紀後半，西洋掀起一股日本美術品風潮，尤其浮世繪受到各界關注。德布西的交響詩〈海〉的樂譜封面就以〈神奈川沖浪裏〉為裝飾。

【櫓】

讓船前進的道具。一般會裝在船尾，透過往前推或往後拉的方式產生推進力。

東洲齋寫樂的

試著觀察〈三世大谷鬼次的奴江戶兵衛〉

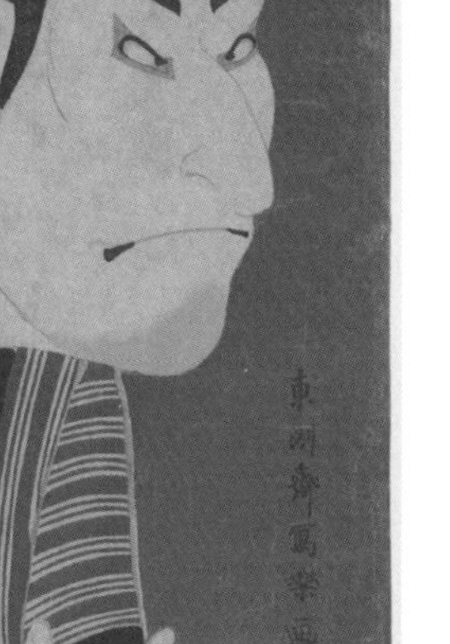

〈三世大谷鬼次的奴江戶兵衛〉

這是江戶時代具代表性的浮世繪畫師東洲齋寫樂（生卒年不詳）繪製的作品，是以歌舞伎演員為主題的傑作「役者繪」。畫中的角色是江戶兵衛，而江戶兵衛是在大名（諸侯）的家臣與奧女中（女官）的戀愛為主題的戲劇「戀女房染分手綱」中出場的壞蛋。這幅畫為日本的重要文化財。

① 向前突出的手

在這幅畫之中，壞人江戶兵衛正準備搶劫一筆大錢，從表情可以看得出來他的緊張之外，最引人注目的還是用力伸向前方的雙手。寫樂透過人物的表情以及雙手強調了江戶兵衛的殺氣。

② 壞人的表情

上揚的眼尾、下垂的鷹勾鼻、嘴角下垂，雙唇緊閉的嘴巴，衣襟敞開的模樣，都讓這幅畫充滿魄力。下巴往前推，由下而上怒視的雙眼，完全就是現代壞人角色的模樣。

③ 有點太誇張？

以歌舞伎演員為主角的役者繪是江戶時代的周邊商品。許多人希望能就近觀察演員的表情，所以便出現了放大上半身或臉部表情的「大首繪」。放大演員特徵就是寫樂的畫風，而這種畫風也褒貶不一喲。

【浮世繪】
於江戶時代誕生的版畫，主題通常是庶民的風俗。知名的畫師包含喜多川歌麿、東洲齋寫樂、葛飾北齋與歌川廣重。

【東洲齋寫樂】
是江戶時代後期的浮世繪畫師。於一七九四年～一七九五年的十個月之內，畫出足以留傳後世的一四〇件作品之後便銷聲匿跡，是生平與經歷都不詳的謎樣人物。

【歌舞伎】
於近世初期興起，在江戶時代發展成熟的民眾演劇，也是日本的傳統藝能。除了是日本的重要無形文化財，也是UNESCO的非物質文化遺產。

試著觀察白隱慧鶴的〈達磨圖〉

〈達磨圖〉

達磨圖是江戶時代中期的禪僧白隱慧鶴（1685～1768年）繪製的達磨半身圖。達磨是於西元六世紀初期，從印度遠赴中國，創立佛教禪宗的高僧。據說達磨在頓悟之前不發一語，連續九年面壁禪思。為了推廣禪宗，有許多僧人繪製達磨的畫像。

① 推廣禪宗教義的「禪畫」

根據傳說，白隱是於駿河（靜岡縣）出生的僧侶，常以畫作或是書法推廣禪宗的教義。這種蘊藏著禪意的畫作又稱為「禪畫」。據說白隱共繪製了超過一萬幅禪畫。

② 寫在達磨上方的文字

達磨上方有幾條淡淡的線對吧？雖然沒辦法看清楚寫什麼，但從白隱其他的達磨圖可以知道，這幾個字為「直指人心見性成佛」，意思是「座禪可發現內在的佛性與真正的頓悟」。

③ 魄力與存在感

雖然達磨的臉部以淡墨繪成，瞳孔與衣服卻以濃墨勾勒，也因此讓人無法忽視達磨那充滿魄力的存在感。年輕的白隱較為飄逸灑脫，但是隨著年紀增長，畫風就變得氣勢十足。

【禪宗】

達磨於西元六世紀開創的佛教派別。目標是透過座禪頓悟。在日本有臨濟宗、曹洞宗與黃檗宗，這三宗分別由榮西、道元與隱元創立。

【座禪】

佛教的修行方法之一。透過靜坐讓內心沉靜，悟得俗世真理的修行方式。

【飄逸灑脫】

「飄逸」指的是不顧俗世的繁文縟節，悠遊自得的模樣，「灑脫」則是個性直爽，不染塵世煙火的感覺。

試著觀察聖米歇爾山吧！

聖米歇爾山

聖米歇爾山是法國西北聖馬洛灣的小島，周長約為900公尺。島上的修道院為天主教的朝聖地點。潮汐漲退十分明顯，潮位的落差也高達15公尺，所以在某些時段會呈現於海中孤立的狀態。目前已入選世界文化遺產，也是拉姆薩公約的簽署地點。

值得注意的重點

① 座落於岩山山頂的修道院

西元七〇八年，大天使彌額爾於主教奧貝爾的夢中顯聖，要求奧貝爾在海上的這座岩山建造教堂，這也被視為這座修道院的起源。在十四世紀的百年戰爭爆發後，這座修道院也因為地勢之便而被當成要塞使用。

② 島的入口只有一處

從照片可以發現，中央的城牆斷掉了。這裡是島上唯一入口的「前哨門」。除了前哨門之外，所有的城牆都有如懸崖般陡峭。由於這座修道院的構造十分堅固，滿潮時，便成為孤懸海中的小島，所以在法國大革命爆發之際，這座島也被當成監獄使用喲。

③ 建設道路後改變了環境

一八七七年，與對岸城鎮的道路開通，而道路就像是堤防般扼止了潮流。據說海底在一百年之內累積了兩公尺高的沙子。為了保護環境，如今已重新蓋橋，讓潮流得以正常流動。

【拉姆薩公約】
一九七一年，於伊朗的拉姆薩通過的公約。正式名稱為《關於特別是作為水禽棲息地的國際重要濕地公約》。

【百年戰爭】
一三三七～一四五三年的英法戰爭。一開始由英國佔得上風，但法國在聖女貞德的協助之下不斷擊退英國，這場戰爭也在英國失去大陸領土後結束。

【法國大革命】
一七八九年，以攻佔巴士底監獄的事件為導火線的法國公民革命。這場革命最終在拿破崙發動政變之後結束。

試著觀察 比薩斜塔吧！

比薩斜塔

比薩斜塔是位於義大利比薩市的鐘樓。融合了羅馬式與哥德樣式的比薩斜塔也是「比薩的主教座堂廣場」的一部分。比薩斜塔的高度約55公尺，直徑約17公尺。內部設有走到最上層的樓梯。據說是於西元1173～ 1350年間建造，但在建造過程中開始傾斜。目前為世界文化遺產。

① 錯開中心軸的建築工法

據說發現斜塔傾斜時，這座斜塔已經蓋到第三層。為了修正這個傾斜，當時的人們以錯開中心軸的方式，一層一層往上蓋。在這張照片之中，每一層似乎是垂直往上重疊，但從不同的角度看就會發現，整座斜塔是扭曲的。

② 為什麼會傾斜

除了地盤軟弱之外，壓在底座的力也不均勻，所以只有部分的地面往下沉。這座比薩斜塔曾一度傾斜至五點五度，但後來施工調整為三點九九度。大概有三百年不需要擔心這座斜塔倒塌。

③ 只有最上層的部分與地面垂直

儘管一邊修正傾斜，一邊往上建造，最終還是沒能完全修正，所以只有最上層的鐘樓是與地面垂直。如果敲響鐘聲，有可能會因為鐘的震動導致比薩斜塔更加傾斜，所以現在都以擴音器播放鐘聲。

【羅馬式】中世紀西歐的建築樣式。指的是在西元十一～十三世紀之前的哥德式建築，在教堂建築物中，是集技術與藝術之大成的樣式。

【哥德式】於十二世紀中葉，繼羅馬式崛起的建築樣式。大部分應用於寺院建築，最具代表性的為法國的巴黎聖母院。

【地盤下沉】地表下沉的現象。主要的原因為地震造成的自然下沉，或是過度抽取地下水與天然氣。

試著觀察馬丘比丘吧！

馬丘比丘

位於祕魯共和國西部安地斯山脈的印加帝國遺跡。標高約為2,400公尺。由於無法從山腳發現馬丘比丘的存在，所以又稱為「空中都市」或「空中要塞」，目前還保留了以高度技術建造的石牆梯田與神殿，既是世界文化遺產，也是世界自然遺產。

① 斷崖絕壁

馬丘比丘的背後有高山聳立，左右則是陡峭的斷崖，周圍還有城牆保護，不從大門進入就無法入城。據說一到晚上，大門就會深鎖。一般認為，馬丘比丘是做為印加帝國的城塞或是宗教設施而建。

② 梯田

馬丘比丘的梯田稱為「安德斯」，而每一層的梯田由高達三公尺的石牆保護，梯田的層數多到四十層，而且是由三千階的樓梯連接。在五平方公里的遺跡之中，大概有一半是安德斯梯田。在過去，這些梯田種植的是馬鈴薯及玉米。

③ 以高階技術打造的建築物

印加帝國擁有高超的石牆技術，能蓋出又高又不歪斜的石牆。儘管這裡每年降雨量為一千三百公釐，馬丘比丘在這五百年多年以來，依舊保有美麗的模樣，這一切都是因為印加帝國具有高超的石牆技術與排水技術。

【安地斯山脈】

於南美大陸太平洋側呈南北走向的山脈。自古以來，南美大陸的原住民就在這裡生活，也建立了印加文明。現代則是繁榮的都市，山丘地帶以畜牧業為主，銅、錫、銀這類礦產也相當豐富。

【印加帝國、印加文明】

於十五～十六世紀統治安地斯山脈與週邊地區的國家與文明。擁有高階的建築技術、農業技術與發達的行政組織，一五三三年被西班牙人皮薩羅率領的小部隊殲滅。

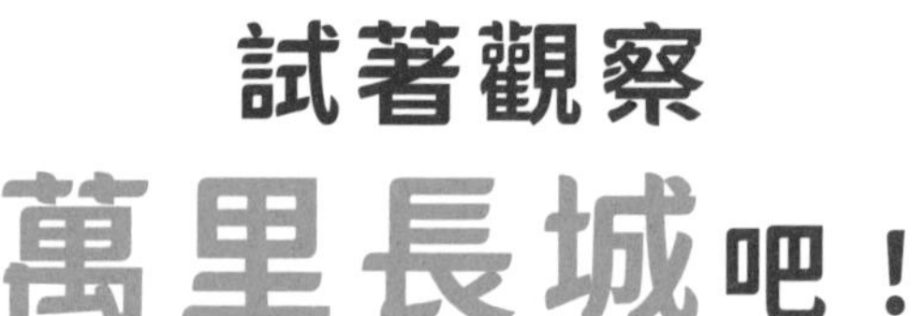

萬里長城

於中國北部聳立的城牆。最初是為了抵禦北方騎馬民族的侵略，由秦始皇下令建築。現存的萬里長城是於十四世紀的明朝整建而成，總長約有六千多公里，也被譽為世界最大的建築物。目前為世界文化遺產。

① 位於山中的城牆

萬里長城是歷經了多個王朝修整而成的城牆。由於秦朝往北方擴張領土，所以便在草原地帶建造了萬里長城，到了明朝之後，為了進一步加強防禦，而在中國本土附近的山中建造萬里長城。

② 敵台

用於監視敵人，與敵人作戰的敵台是以固定的間隔建成。另一方面，為了與萬里長城之外的遊牧民族交易，也開設了多個關所。沒有戰爭的時候，還會舉辦稱為「互市」的市場喲。

③ 長城的材質

秦始皇的時代是以「版築」這種技術壓扁的土牆建造。乾燥地區則是使用日曬的磚頭建造。到了十四世紀之後，重要的據點都由紅磚牆壁建造。做為現代觀光名勝的長城幾乎都是紅磚牆壁。

【騎馬民族（遊牧民族）】
從西元前三世紀開始，於蒙古高原活躍的遊牧騎馬民族稱為匈奴，也於北亞建造了第一個屬於遊牧民族的帝國。

【始皇帝（西元前 259 ~ 210 年）】
中國第一位皇帝。始皇帝統治的秦採用中央集權政治，也統一了貨幣、文字與思想，但是始皇帝死後，因為帝國擴張太快以及施行殘酷的暴政，秦國僅十五年就滅國了。

【版築】
用杵把土搗實，製作土牆的方法。這項技術於西元前的古代中國出現，直到現代都有人使用。

試著觀察
吉薩的人面獅身像吧！

吉薩的人面獅身像

西元前2500年左右，由第四王朝的法老（王）卡夫拉下令與金字塔一同建造的建築物。由於是往下挖掘吉薩台地建造而成，所以人面獅身像位於正方形的窪地之中。全長為73.5公尺、高度為20公尺，寬度為19公尺的人面獅身像是由單塊岩石雕刻而成，是全世界最大的石像，也是世界文化遺產。

① 人類的頭部與獅子的身體

埃及的人面獅身像是由裹著「尼美斯頭巾」的法老頭部與獅子身體所組成，是當地的神聖象徵。除了有象徵王室的下巴鬍鬚，還是神殿與陵墓的守護者，受到歷代法老的尊崇。

② 身體部分的條紋紋路

由海底隆起形成的吉薩台地是由堅硬的石灰岩與柔軟的石灰岩交疊而成。柔軟的石灰岩層在接近五千年的風吹雨淋之後，被侵蝕風化成為現在的模樣，也因此形成條紋般的紋路。

③ 破損的臉部

人面獅身像原本有三條長長的下巴鬍鬚，但是卻隨著風化而脫落。下巴鬍鬚的碎片目前於開羅博物館與大英博物館保存。目前仍不知道鼻子破損的原因。

【埃及文明】西元前三千年左右，在埃及的尼羅河流域崛起的古代文化。除了擁有高度的建築技術、觀測技術之外，還創造了象形文字與天文學，而且採用了太陽曆，這些都對現代造成了深遠的影響。

【金字塔】以石頭、磚塊建造而成的四面體建築物。古埃及在西元前二七〇〇～二五〇〇年的時候，會為了王與王妃的陵墓建造金字塔。現存的金字塔共有八十一座。其中以吉薩古夫王的金字塔為最大，是由二三〇萬個總重為二・五噸的石頭堆疊而成。

梵谷的

試著觀察〈在亞爾的臥室〉吧！

〈在亞爾的臥室〉

這是荷蘭後印象派畫家文森梵谷（1853～1890年）住在法國亞爾地區的時候，以自己的寢室為題所畫的畫作。同名的作品共有三幅，而這幅作品是複製1889年9月第一幅畫作而成的畫作。梵谷也以這間房子為題，畫了「黃色房屋」這幅作品。

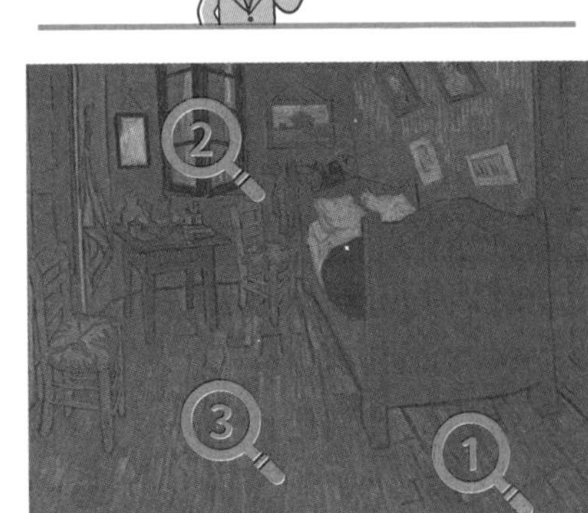

① 沒有影子

梵谷深受沒有影子的日本浮世繪影響，所以這幅畫也沒有影子。據說梵谷認為日本是終年陽光強烈，沒有影子的四季如夏之國。

② 平面的畫面

西元十九世紀後半，日本的美術品在歐洲造成轟動，醉心於浮世繪的梵谷甚至成為浮世繪的收藏家。在文藝復興時期之後，西洋畫家都會畫出立體的空間，但是梵谷卻模仿浮世繪，採用了平面的構圖。

③ 狂野的筆觸

由於在畫這幅畫的時候，梵谷的精神不太穩定，所以進入遠離亞爾的聖雷米的醫院靜養，不過這並非出自梵谷本意，所以他為了表達自己的煩躁與憤怒，總是在牆壁或是地板塗鴉。

【文森．梵谷】

荷蘭的畫家。深受印象派與日本浮世繪影響的梵谷以其大膽的色彩呈現手法成為現代藝術的先驅。與梵谷齊名的後印象派畫家還有高更與塞尚。代表作為〈向日葵〉、〈絲柏樹〉以及其他畫作。

【黃色房屋】

梵谷於一八八八年繪製的畫作。想要與藝術家一同生活的梵谷在南法的亞爾租了這間黃色房屋之後，與高更一起在這裡生活。

塞尚的 試著觀察〈蘋果和柳橙的靜物〉吧！

〈蘋果和柳橙的靜物〉

這是後印象派代表畫家保羅·塞尚（1839～1906年）的代表作。這幅畫脫離寫實主義的構圖極富創意，也因此廣受好評。被譽為「現代繪畫之父」的塞尚推開了二十世紀的繪畫大門，也享有立體主義先驅的美稱。對畢卡索、馬諦斯以及多位藝術家給予了極大的影響。

① 藏在蘋果之中的細節

「現在，我要用一顆蘋果征服巴黎」。這是塞尚對美術評論家傑夫華所說的話。重視母體（要繪製的事物）本質的他在不同的場所、角度與時間觀察蘋果之後，再將蘋果畫成作品。

② 完美平衡的不平衡

畫作之中的蘋果籃非常傾斜之外，桌子的左右兩側也呈現不同的形狀，就連瓶子都是傾斜的，但令人感到不可思議的是，整體看起來卻很平衡對吧？這種絕妙的構圖正是塞尚廣受好評的理由之一。

③ 多重視點

文藝復興初期，許多藝術家會以單一視點創造空間的創覺，但是塞尚卻覺得人類所知的透視法比這種單一視點的手法更加複雜，所以採用了從多個視點觀察母題的「多重視點」繪製作品。

【印象派】
於十九世紀後半誕生的藝術潮流。主要是直接了當地表現對大自然的印象。莫內的〈印象．日出〉是印象派名稱的由來。

【立體主義】
於二十世紀初期興趣的藝術革新運動。主要是從不同的角度分解母體，再重新建構母體的手法。具代表性的畫家為畢卡索。

【文藝復興】
在十四～十六世紀的歐洲掀起的學問與藝術革新運動。主旨是復興古希臘、羅馬文化，解放人性、尊重個性，也為歐洲近代文化奠定了基礎。

葛雷柯的

試著觀察〈聖母的擔當〉吧！

〈聖母的擔當〉

於希臘克里特島出生的畫家艾爾．葛雷柯（1541～1614年）為了西班牙的老聖多明哥修道院繪製的作品之一。天主教的教義提到聖母瑪利亞死後，肉體與靈魂都蒙召升天，而這幅畫便描繪了這個景象。

① 使徒為目擊者

作品之中的許多人都仰望著位於作品中間偏上的聖母瑪利亞。圍繞在聖母棺木旁邊的是聖約翰與聖彼得，兩個人都是耶穌基督的門徒（使徒）。這些使徒看到升天的聖母之後，露出什麼樣的表情呢？

② 等身大的人們

這幅作品的高度有四公尺左右，所以畫作之中的人物都是等身大。而且〈聖母的擔當〉只是作品的一部分，這幅畫的上方還有〈三位一體〉的畫作，左右兩側則是〈牧羊人的朝拜〉與〈基督的復活〉。畫作的規模可說是大得驚人。

③ 踩著新月的聖母瑪利亞

仔細觀察聖母的腳部就會發現下面是由上弦月支撐。上弦月是純潔的象徵。許多畫家都畫過「聖母升天」這個主題，至於有哪些差異，希望大家有機會比較看看。巴洛克畫派的魯本斯以及威尼斯畫派的提齊安諾的作品都非常有名喲。

【天主教教會】
以梵蒂岡為據點的基督基。羅馬教宗為梵蒂岡的行政首長，繼承了初代基督教會的正統。天主教教宗除了是中世紀歐洲的精神領袖，更擁有廣大的領地。

【使徒】
由耶穌基督親自挑選的十二位門徒，任務是宣揚福音。

【三位一體】
在基督教的教義之中，父（神）、子（基督）、聖靈是唯一真神的三種樣貌，但都是一體的。

大衛的

試著觀察〈蘇格拉底之死〉吧！

〈蘇格拉底之死〉

法國畫家雅克–路易・大衛（1748～1825年）繪製的油彩畫，主題是柏拉圖於著作《斐多篇》所撰寫的「蘇格拉底之死」。畫中的宣揚異教信仰而被判死刑的蘇格拉底正準備接下盛了毒酒的酒杯。

值得注意的重點

① 向酒杯伸手的蘇格拉底

蘇格拉底對弟子結束了最後一場演講之後，一邊高舉左手，一邊準備接下毒酒。從挺直身體，無所畏懼的模樣來看，蘇格拉底似乎不害怕死亡。據說他把自己的死亡當成最後的教誨。

② 為了離別而悲傷的人們

蘇格拉底的弟子在得知蘇格拉底準備被處死時，陷入了難以沉受的悲傷，而且連將毒酒遞給蘇格拉底的獄卒也不禁流淚。據說在畫面左側遠景處，將臉貼在牆壁上的阿波羅多洛斯因為太過悲傷，還被蘇格拉底趕出去。

③ 另一位老人

畫中除了悲傷的弟子之外，左側的老人卻一個人靜靜坐著。據說這位老人就是柏拉圖，但其實柏拉圖不在現場，而且當時的柏拉圖還很年輕，只是畫成了老人的模樣喲。

【蘇格拉底（西元前 470 或 469 ～ 399 年）】

古希臘哲學家。透過問答讓對方了解自己的無知，藉此得到真正的知識與幸福，卻被法庭認為對市民造成了不良影響，因而被判處死刑。

【柏拉圖（西元前 427 ～ 347 年）】

古希臘哲學家。柏拉圖是蘇格拉底的弟子，其著作《對話錄》約有三十篇以老師為主角的文章。創立了柏拉圖學院，教出了亞里斯多德這些學生，也奠定了歐洲的哲學基礎。

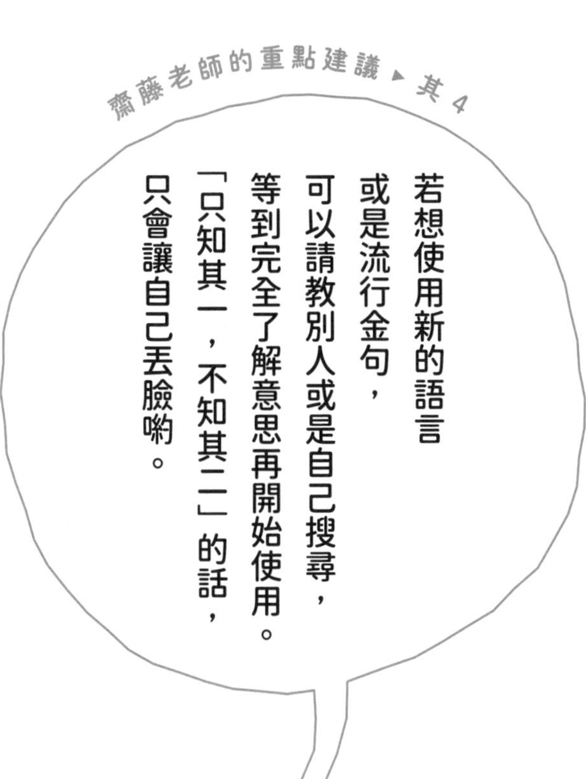
齋藤老師的重點建議▶其4
若想使用新的語言
或是流行金句，
可以請教別人或是自己搜尋，
等到完全了解意思再開始使用。
「只知其一，不知其二」的話，
只會讓自己丟臉喲。

大人也不知道!?
文學大師的日語

如果能夠使用一些稍微有點難度的詞彙，或許能讓大人刮目相看？讓我們以文學大師留下的小說為範本，
學習一些美麗的日語說法與詞彙吧。

あ行

哀愁 ★★★☆☆

非常悲傷的意思。遇到難過的事情，覺得寂寞與悲傷的心情。

《心》夏目漱石

私の哀愁はいつもこの虫の烈しい音と共に、心の底に沁み込むように感ぜられた。

仿彿我的哀愁總是與這濃烈的蟬聲一起沁入心底。

暁月夜 ★★★★★

於黎明之際看到的月亮。此時的月亮又稱為「有明月」。

《漫談》（すずろごと）樋口一葉

そのつぎの夜もつぎの夜もおぼつかなくて、何時しか暁月夜の頃にもなれば、などかくばかり物はおもはする、（後略）

每夜每夜都朦朧的月亮，在不知不覺地進入暁月夜之後，竟如此地喜歡月亮（後略）

あとの祭り ★★★☆☆

馬後炮、為時已晚的意思。

《怪人與少年偵探》江戸川亂步

それを聞くと、見はりのおまわりさんは、じだんだふんで、くやしがりましたが、もうあとのまつりです。

聽到這件事之後，埋伏的巡警用力地踏向地面，一副不甘心的模樣，但一切已經為時已晚（あとの祭り）。

因為沒好好讀書而後悔，
只是馬後炮而已。

居丈高 ★★★★★

非常生氣的樣子。氣到令人有畏懼的感覺。

《三浦右衛門的臨終》菊池寛

彼は急に居丈高になって、「右衛門奴ならなぜ館のお供をせぬのじゃ」とののしった。

他突然火冒三丈（居丈高）地大罵：「如果是右衛門那傢伙的話，為什麼不做主人的隨從啊。」

一掬の涙 ★★★★★

能用雙手掬起的眼淚。也有幾滴眼淚的意思。

《理想的女人》坂口安吾

最高の理想をめざして身悶えながら、汚辱にまみれ、醜怪な現実に足をぬき得ず苦悶悪闘の悲しさに一掬の涙をそそぎ得ぬのか。

如果以最高的理想為目標，就算身體痛苦地在地上打滾，被眾人汙辱，被醜陋的現實拖住腳步，難道就能為了苦悶難纏的悲傷而流下一掬的眼淚（一掬の涙）嗎？

うそぶく ★★★★☆

裝傻的表情。

《田螺》北大路魯山人

なに、あれは蛙だと、うそぶく。

裝傻（うそぶく）地說：「什麼，那是青蛙？」

うるわしい ★★★★☆

姿態、動作都十分優雅與美麗的意思。

《巨男的故事》新美南吉

そして、そのとき魔法はとけて、うるわしいもとの王女になりました。

於是，魔法便解開了，變回原本美麗（うるわしい）的公主。

えげつない ★★★☆☆

露骨的用字遣詞或讓人討厭的動作。

《勸善懲惡》織田作之助

「あんたという人は、えげつない人ですなあ」と、呆れていた。

驚訝地說：「你這種人還真是口無遮攔（えげつない）啊。」

絵空事 ★★★☆☆

不可能成為現實的虛構故事。

《花吹雪》太宰治

小説は絵空事と昔からきまっている。

小說向來都是虛構的故事（絵空事）。

悦に入る ★★★☆☆

事情如預期般順利而開心。

不能讀成「悦にはいる」。

《南方郵信》中村地平

また、誰もいない放課後の教室へあがりこんで、黒板に「ナガトモセンセイ」という字をいくつも書き並べて、悦に入ることもある。

走進下課後空無一人的教室，看到黑板寫著「nagatomo老師」之後，不自覺地開心（悦に入る）起來。

鷹揚 ★★★★☆

悠哉、沉著的樣子。源自老鷹在天空漱遊的樣子。

《心》夏目漱石

なるほどそんな切り詰めた生活をする人に比べたら、私は金銭にかけて、鷹揚だったかも知れません。

原來如此，與那些生活拮据的人相比，我或許是因為錢的緣故，才過得如此悠哉（鷹揚）吧。

おこがましい ★★★★☆

不了解自己有幾斤幾兩重，自以為是的意思。

《舌頭的遊戲》吉川英治

日に煙草を六、七十本も吸う舌で食を語るなどはおこがましい。

用每天抽六、七十根菸的舌頭談論食物，真是不知道自己的斤兩（おこがましい）啊。

お笑い草 ★★★★☆

大眾會發笑的事件或故事。笑柄。

お笑い草ついでに、今の懐を即席の詩に述べて見ようか。この虎の中に、まだ、曾ての李徴が生きているしるしに。
《山月記》中島敦

就讓你當個笑柄，把現在的心情即興寫成一首詩吧，證明李徵還活在這隻老虎身上。

Q 用來形容「非常生氣，氣勢非常嚇人的樣子」的是哪個詞彙？

提示 上半身挺直，由上而下看著對方的態度。

A 居丈高

か行

かしましい ★★★★☆

覺得一大群人說話的聲音很吵。

そのうちに、畠側の柿や雑木に雀の群のかしましいほど鳴き騒いでいるところへ出た。
《千曲川速寫》島崎藤村

此時，走到田邊成群麻雀嘰嘰喳喳（かしましい）的柿樹或灌木。

風薫る ★★★★☆

形容初夏涼風輕柔吹撫的模樣。

運動場の周囲の青葉には清新な香の満ちている風薫る頃でした。
《初夏》牧野信一

操場周圍的青葉正是散發清香、隨風飄送（風薫る）的時候。

風光る ★★★★☆

風光明媚，清風微微吹撫的模樣。

春の雷が鳴ってから俄に暖気を増し、さくら一盛り迎え送りして、今や風光る清明の季に入ろうとしている。
《風與裾》岡本加乃子

春雷一響，溫暖的空氣瞬間增加，櫻花也隨之盛開，準備進入風光明媚（風光る）的清明季節。

迎接一年級新生的是風光明媚的季節。

かんばしい ★★★★☆

香氣宜人，濃郁的意思。

こうして父と母とは茶畠の中へ、あの美しい芳しい若芽をつみに行った。
《幼年時代》室生犀星

爸媽就這樣進入茶田，摘取香氣宜人（かんばしい）的迷人嫩芽。

狐火 ★★★★☆

在夜裡的深山或草原看到的不明火球。傳說中，狐狸會吐出這種火球，而這個單字便是源自這個典故。

《田園之幻》豊島與志雄

一人になって、私はぼんやり狐火を眺めていた。酒を飲んだり、煙草をふかしたりして、またも狐火を眺めた。

我獨自一人，靜靜凝視著狐火，一邊喝著酒，一邊抽著菸草，再靜靜凝視著狐火。

僥倖 ★★★★★

意料之外的幸運。

《雪女》小泉八雲

それで木こりは渡し守の小屋に避難した――避難処の見つかった事を僥倖に思いながら。

伐木工人就這樣躲進船夫的小屋避難——心想，覺得能找到地方避難真是十分僥倖。

雲の峰 ★★★★★

於夏季出現的積雨雲的舊稱。是雲柱於山峰（山頂）之上聳立的比喻。

《saikachi淵》宮澤賢治

今日なら、もうほんとうに立派な雲の峰が、東でむくむく盛りあがり、みみずくの頭の形をした鳥ヶ森も、ぎらぎら青く光って見えた。

今天的話，雲峰（雲の峰）正於東邊巍巍聳立，形狀像是鵰鴞頭部的鳥森也綻放著眩目的藍光。

暮れなずむ ★★★★☆

太陽像是要下山，卻遲遲未下山的樣子。

《南半球五萬哩》井上圓了

暮れなずむ空の雲の切れ間に、夕陽が朱よりも赤く染めてしずむ。

夕陽在太陽遲遲未下山（暮れなずむ）的雲隙之間，染上了比朱紅色更加紅豔的顏色。

慧眼 ★★★★★

洞察事物的觀察力。

《猿面冠者》太宰治

誰々は、判らぬながらも、この辺の一箇所をぽつんと突いて、おのれの慧眼を誇る。

儘管誰都看不出來，你這傢伙居然能一眼看出端倪，你真是獨具慧眼。

懸想 ★★★★☆

愛慕異性的意思。是古代人婉轉的說法。

《地獄變》芥川龍之介

そこで大殿様が良秀の娘に懸想なすったなどと申す噂が、愈々拡がるようになったのでございましょう。

因此大殿愛慕（懸想）良秀之女的傳聞便越傳越開。

狡猾

★★★★☆

狡詐、愛耍小聰明的意思。

《我是貓》夏目漱石

しかし実のところ主人はこれほどけちな男ではないのである。だから主人のこの命令は狡猾の極に出でたのではない。

不過，主人不是那麼小氣的男人，所以主人的這道命令還不算是狡猾（狡猾）得登峰造極。

心丈夫

★★★★☆

有所依靠，所以放心，無所畏懼。

《有氣無力的道中記》佐佐木邦

おや。仲間があったか、と思ったら、僕は急に心丈夫になった。

哎唷，一想到有夥伴了，我就突然放心（心丈夫）了起來。

こざかしい

★★★☆☆

愛耍小聰明又自以為是的樣子。

《梟雄》坂口安吾

南陽房にはおのずからの高風がある。それに比べて法蓮房は下司でこざかしい。

南陽房格調高雅，法蓮房卻是下流又愛耍小聰明（こざかしい）

狐狸

★★★☆☆

狐與狸的意思，或是欺騙別人的壞人。

《羅生門》芥川龍之介

するとその荒れ果てたのをよい事にして、狐狸が棲む。

於是長期荒廢的羅生門淪為狐狸與強盜的棲身之處。

問題！

Q 用來形容「在夜裡的深山或草原看到的不明火球」的詞彙是？

①犬火②貓火③狐火

提示 會幻化成人類，欺騙人類的動物。

A ③狐火

さ行

さえざえしい

★★★★☆

清澄透徹的樣子。爽朗的模樣。

《三四郎》夏目漱石

この帽子をかぶって病院に行けるのがちょっと得意である。さえざえしい顔をして野々宮君の家を出た。

能戴著這頂帽子去醫院這件事，讓我有些得意。我帶著一臉爽朗的（さえざえしい）表情從野野宮的家走出來。

さまよう ★★★☆☆

彷徨的意思。

漁船のともす赤い火影が、終夜、江の島の岸を彷徨うた。

《小丑之花》太宰治

漁船上的紅紅火影，整夜在江之島的岸邊彷徨（さまよう）。

在陌生的場所迷路，
彷徨地走在街上。

忸怩 ★★★★☆

一邊反省，一邊覺得很丟臉的樣子。「忸」與「怩」都是「羞得紅了臉」的意思。

書生は始めて益軒を知り、この一代の大儒の前に忸怩として先刻の無礼を謝した。

《侏儒的話》芥川龍之芥

書生在認識益軒之後，便在這一代大儒面前忸怩（忸怩）了起來，也為剛剛的無禮道歉。

沒做完暑假作業，
讓我覺得很丟臉（忸怩）。

邪知暴虐 ★★★★★

動歪腦筋，做殘忍的事情。

メロスは激怒した。必ず、かの邪知暴虐の王を除かなければならぬと決意した。

《跑吧！梅洛斯》太宰治

梅洛斯氣得快要發瘋，決意除掉這位心存邪念，淨幹壞事（邪知暴虐）的王。

随喜の涙 ★★★★★

喜極而泣的眼淚。

《山的魅力》木暮理太郎

昔の人は自分の影が映っているとは夢にも知らなかったであろうから、稀に之を見た者は仏様が出現したものと信じて、随喜の涙を流したものと思われる。

以前的人應該做夢都沒想到，會映出自己的影子。很少看到這回事的人相信佛祖出現，也流下了喜極而泣的眼淚（随喜の涙）。

雀色時 ★★★★☆

黃昏的時候。雀色就是如麻雀羽毛般的深褐色。

《芋粥》芥川龍之介

殊に、雀色時の靄の中を、やっと、この館へ辿りついて、長櫃に起してある、炭火の赤い焔を見た時の、ほっとした心もち、——それも、今こうして、寝ていると、遠い昔にあった事としか、思われない。

尤其穿過這個黃昏之際（雀色時）的薄霧之後，總算抵達了這座豪邸。看到長櫃裡的紅色炭火時，心情總算放鬆了——要是現在這樣睡著的話，只能想起往事了。

星霜（せいそう）

★★★★★

歲月的意思。星星會一年繞行天空一圈，霜則是每年會降一次。

ぱっと咲き、ぽたりと落ち、ぽたりと落ち、ぱっと咲いて、幾百年の星霜を、人目にかからぬ山陰に落ちつき払って暮らしている。

《草枕》夏目漱石

瞬間綻放後，飄飄然地凋零，飄飄然地凋零，再瞬間綻放。就在這人煙罕至的山裡，靜靜地度過這幾百年的歲月（星霜）。

晴天白日（せいてんはくじつ）

★★★★☆

沒有半點後悔、灰暗的心情。明顯無罪的意思。

すくなくとも社会的には晴天白日の人間として、大手を振って歩けるのです。

《先走一步》夢野久作

至少我能在這個社會當個問心無愧（晴天白日）的人，跨開大步地走。

寂寥（せきりょう）

★★★★☆

很寂寞、靜悄悄，沒有人聲的樣子。

じっとすわったままではいられないような寂寥の念がまっ暗に胸中に広がった。

《與生俱來的煩惱》有島武郎

讓人坐立難安的寂廖在這一片漆黑之中，於胸口擴散開來。

総毛立つ（そうけだつ）

★★★☆☆

因為寒冷或是害怕，全身的毛髮豎起來的意思。寒毛直豎的意思。

そうして、それとともにやる瀬のない、悔しい、無念の涙がはらはらと溢れて、夕暮の寒い風に乾いて総毛立った私の痩せた頬に熱く流れた。

《移香》近松秋江

於是無處發洩的心情、悔恨與絕望的眼淚不斷地湧現。我那被黃昏的寒風吹乾，毛髮直豎（総毛立つ）的削瘦臉頰，也因為眼淚而熱了起來。

そぞろ

★★★☆☆

煩躁不安，無法冷靜的意思。

私はこの記事を新聞で読んだとき、そぞろに爽快な戦慄を禁じることができなかった。

《暗之繪卷》梶井基次郎

我從報紙讀到這則報導時，開心得全

身發抖，心情也無法冷靜下來（そぞろ）。

磯馴松 ★★★★★

樹枝或樹幹因為強勁的海風而變得歪斜的松樹。

あたりは一面の砂地にて、所々に磯馴松の大樹あり。

《平家蟹》岡本綺堂

這一帶是沙地，到處都是被強勁的海風吹得歪斜的大樹（磯馴松）。

Q 用來形容「因為寒冷或是害怕，全身的毛髮豎起來」的詞彙是？

提示 使用了代表「全部」的漢字喲。

A 総毛立つ

た行

たおやか ★★★★☆

柔軟的模樣。常用來形容優美的姿態或是動作。

けがらわしい、などという表現とはまったく縁のない、たおやかに美しい人であった。

《山彥乙女》山本周五郎

半點淫穢的感覺都沒有，真是位舉手投足都十分優美（たおやか）的美人。

希望未來能與一位姿態優美的人結婚啊。

蛇蝎のごとく ★★★★★

用「蛇」與「蝎」形容非常討厭的事物。這個詞的後面通常會接討厭或是可怕這類形容詞。

《影男》江戸川亂步

この探求は自由主義者には蛇蝎のごとく憎悪せられる種類のものであった。

對自由主義者來說，這種探求宛如蛇蝎（蛇蝎のごとく）般可恨。

黄昏 ★★★☆☆

夕陽西下，天色晦暗不明的時候。這個詞彙源自看不清來者，問對方「你是誰」（「誰そ彼は」（たそかれは））的說法。

《愛哭的小鬼》（泣虫小僧）林芙美子

晴々しい黄昏で、点き初めた町の灯が水で濯いだように鮮かであった。

在晴朗的黄昏之下，緩緩亮起的街燈彷彿被水洗滌過一般鮮亮。

血の涙 ★★★★★

十分悲痛的比喻。遭遇慘事而流下的眼淚，

『杜子春』芥川龍之介

馬は、――畜生になった父母は、苦しそうに身を悶えて、眼には血の涙を浮べたまま、見てもいられない程嘶き立てました。

變成馬這種畜生的父母似乎苦不堪言，眼睛也流出了血淚（血の涙），還不斷地高聲嘶叫，令人不忍卒睹。

嘲弄 ★★★★☆

看不起他人與嘲笑他人的意思。

《越級申訴》（駈込み訴え）太宰治

私はきょう迄あの人に、どれほど意地悪くこき使われて来たことか。どんなに嘲弄されて来たことか。

到今天為止，我是被那個人如何使喚與嘲弄的啊！

つむじ曲がり ★★★☆☆

個性扭曲，不坦率、愛唱反調、乖僻的意思。

《溫情又富足的夏目先生》內田魯庵

なるほど、時としてはつむじ曲りだと世間に言われるような事もあったか知れない。

原來如此，說不定有時候我真的做了讓其他人說我個性乖僻（つむじ曲がり）的事情。

意志力堅強的他總是被人覺得很愛唱反調，我真是同情他啊。

面憎い ★★★★☆

光看到臉就生氣的意思。

《蘿洞先生》谷崎潤一郎

そして自分の空腹に比べて、先生の胃の腑の病的な飽満状態が、羨ましいような、面憎いような気がした。

比起自己餓肚子，我更是羨慕老師因為生病，肚子總是飽飽的狀態，每次看到老師都覺得很可恨（面憎い）。

てらてら ★★★☆☆

帶有光澤，不斷發光的樣子。

《老工人與電燈》小川未明

崖からたれさがった木の枝に、日の光が照らして、若葉の面が流れるように、てらてらとしていました。

陽光照著垂掛在懸崖邊的樹枝，又緩緩地流入嫩葉表面，讓嫩葉閃閃發亮（てらてら）。

恬然 ★★★★★

不在意任何事情，平心靜氣的模樣。

《前往多瑙河之源紀行》齋藤茂吉

上さんも亭主も、僕が日本人だなどということを気にせぬらしく、恬然としているところは、民顕の人などとは丸で違っていた。

夫人與主人似乎完全不在意我是日本人這件事，那恬靜自得（恬然）的模樣，與慕尼黑的居民完全不同。

朋友就算舉錯手，也一副恬然自得的模樣。

鴇色／朱鷺色 ★★★☆☆

朱鷺羽毛的顏色。淡粉紅色。

《最後的樅樹》山本周五郎

傾いた陽が斜めからさして、透明な碧色にぼかされた山なみの上に、蔵王の雪が鴇色に輝いていた。

陽光斜斜地照下來，山巒那朦朧的綠色之上，藏王的雪閃爍著淡淡的粉紅色（鴇色）。

常盤木 ★★★★☆

全年枝葉茂盛的常綠樹。例如松樹與杉樹。

《詩片的日記》森鷗外

目籠には、常盤木の葉、敷き重ねて、その上に時ならぬ菫花の束を、愛らしく結びたるを載せたり。

菜籃裡，堆了許多常綠樹（常盤木）的葉子，上面還放了綁得很可愛的紫菫花花束。

とつおいつ ★★★★★

有許多煩惱的樣子。

《風起》堀辰雄

いつしかそんな考えをとつおいつし出していた私が、漸っと目を上げるまで、彼女はさっきと同じように私をじっと見つめていた。

在不知不覺開始煩惱（とつおいつ）的我往上看之前，她從剛剛開始，就一直盯著我。

問題！

Q 下列哪個是「とつおいつ」的語源？

①煩惱「とつおはいつ来るの？」的母親

②一下拿起東西，一下放下東西的樣子

A ②一下拿起東西，一下放下東西的樣子

な行

なかんずく ★★★★★

在眾多事物之中，尤其特別的事物。

《戀》正岡子規

昔から名高い恋はいくらもあるがわれは就中八百屋お七の恋に同情を表するのだ。

雖然過去有許多名留青史的戀情，但我唯獨（なかんずく）對八百屋阿七的戀情感到同情。

生中 ★★★★★

不上不下，不溫不火的意思。

貧乏の絶対境は、お金のない時であって、生中手に入ると、しみじみ貧乏が情けなくなる。

《大晦日》內田百閒

貧困的盡頭就是沒有錢的時候，一旦得到一筆半調子（生中）的錢，就會開始覺得貧窮很丟臉。

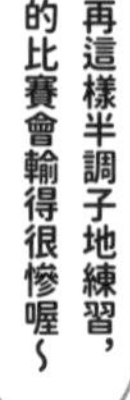

如果再這樣半調子地練習，下次的比賽會輸得很慘喔～

逃げ水 ★★★☆☆

類似海市蜃樓的現象。以為草原或是柏油路的前方有水窪，結果走近一看，發現水窪往前方移動的現象。

はや下哺だろう、日は函根の山の端に近寄ッて儀式とおり茜色の光線を吐き始めると末野はすこしずつ薄樺の隈を加えて、遠山も、毒でも飲んだかだんだんと紫になり、原の果てには夕暮の蒸発気がしきりに逃水をこしらえている。

《武藏野》山田美妙

黃昏時分，太陽來到函根山的山頭附近，一如往常地露出橘紅色的光線之後，荒野的邊緣也漸漸地染上了淡淡的紅黃色，遠山也像是服了毒藥般，漸漸地變成紫色，草原的盡頭則不斷地冒出夕陽的蒸氣，出現了像是海市蜃樓的現象（逃げ水）。

和毛 ★★★★★

柔軟的毛，胎毛。

遠い水は瑠璃色にのして、表面はにこ毛が密生しているように白っぽくさえ見える。

《河明》岡本加乃子

遠方的水染上了瑠璃色，表面像是生了一堆軟毛（和毛），變成一片白色的模樣。

二の句が継げない ★★★☆☆

驚訝得一句話也說不出來。

先生の顔には深い一種の表情がありありと刻まれた。私にはそれが失望だか、不平だか、悲哀だか、解らなかったけれども、何しろ二の句の継げないほどに強いものだったので、私はそれぎり何もいう勇気が出なかった。

《心》夏目漱石

老師的臉掛著嚴肅的表情。是因為對我失望嗎？還是覺得不滿或悲哀呢？我不知道，但我一句話也說不出來（二の句が継げない），也擠不出半點勇氣。

ぬかずく ★★★★☆

額頭貼在地面膜拜的意思。或是太過感激，甚至讓額頭貼在地上鞠躬的意思。

《三國志》吉川英治

父母の墳にぬかずく以外には、まだ他人へ膝をかがめたことを知らない孫権である。──孔明はじっとその態を見つめていた。

除了向父母的墳墓叩拜（ぬかずく），孫權從未向他人屈膝跪拜。孔明靜靜地看著孫權的模樣。

願ったりかなったり ★★★☆☆

願望得以實現的意思。

《在黎明之前》島崎藤村

どうして役不足どころではない。それこそ半蔵にとっては、願ったりかなったりの話のように聞こえた。

這不是任務過於簡單的意思。對於半藏來說，這就像是夢想成真（願ったりかなったり）的感覺。

猫撫で声 ★★☆☆☆

用來討別人歡心的甜美聲音。像是安撫貓咪時的聲音。

《腦髓地獄》夢野久作

それから、恰も、貴い身分の人に対するように、両手を前に束ねて、今までよりも一層親切な響をこめながら、殆ど猫撫で声かと思われる口調で私を慰めた。

從那之後，就像是對待身份尊貴的人一樣，雙手向前靠攏，一邊以親切又輕柔的聲音（猫撫で声）安慰我。

用輕柔聲音說話的媽媽總讓人覺得怪怪的。

後の月 ★★★★☆

十三號的月亮。相對於舊曆八月十五日的月亮，這是舊曆九月十三日的月亮的稱呼。

《野菊之墓》伊藤左千夫

後の月という時分が来ると、どうも思わずには居られない。

一到十三號月亮（後の月）的時分，就沒辦法靜靜地待在原地。

のるかそるか ★★★★☆

不知道結果如何，總之先試試看再說。聽天由命的意思。

《卜多力的一生》宮澤賢治

それではまず、のるかそるか、秋まで見ててくれ。さあ行こう。

那麼就先聽天由命（のるかそるか），觀察到秋天為止吧。差不多是時候出發了。

野分（のわき） ★★★★☆

於立春之後的兩百一十天與兩百二十天前後刮起的暴風。能將野草吹得分邊的狂風。

或野分立った日、圭介は荻窪の知人の葬式に出向いた帰り途、駅で電車を待ちながら、夕日のあたったプラットフォームを一人で行ったり来たりしていた。

《菜穗子》堀辰雄

在某個立春結束兩百多天（野分）的日子，圭介去參加荻窪這位朋友的喪禮，搭車回家途中，在車站等待電車到來時，獨自在夕陽映照的月台上走來走去。

問題！

Q 用來形容「在為數眾多的事物之中，顯得特別的事物」的詞彙是？

①あかんずく
②なかんずく
③らかんずく

A ②なかんずく

行（ぎょう）

儚い（はかない） ★★☆☆☆

脆弱，不長久的事物。難以依靠的事物。

たよりなく小さい、はかない、人間の身を見て下さいと星に言うつもりだろうか？

《北極星》片山廣子

你打算跟虛無飄渺（儚い），俯視人類的星星說嗎？

白眼視（はくがんし） ★★★★☆

冷眼相待、冷漠的態度。

時に、世間からは白眼視され、きびしさ、うらがなしさ、いいようもない人に見える。

《劍的四君子》吉川英治

有時會被大眾白眼（白眼視），看起來像是嚴肅、內心悲傷、難以言喻的人。

不管再怎麼被冷眼以待，我就是喜歡這個角色。

鼻白む（はなじろむ） ★★★★☆

驚嚇的表情。掃興、尷尬的感覺。

子供染みた幻影を抱きつづける女の心根が、富岡には、鼻白む思いだった。

《浮雲》林芙美子

死死抱著小時候幻想的女人讓富岡覺得很掃興（鼻白む）。

ひこばえ ★★★★☆

從樹木的殘株或是根部長出的新芽。

《夜鳥》平出修

ひこばえのようにひょろひょろした茎からは、老女のちぢれた髪の毛を思わせるような穂が見える。

像是從樹木殘株長出的新芽（ひこばえ）般，從孱弱的莖部長出了如同年邁女性捲髮的細穗。

ひっそり閑 ★★★☆☆

十分安靜的意思。「閑」與「ひっそり」的意思相同，也就是藉由兩個意思相同的疊詞強調有多麼安靜。

《目羅博士那不可思議的犯罪》江戶川亂步

もう夕方で、閉館時間が迫って来て、見物達は大抵帰ってしまい、館内はひっそり閑と静まり返っていた。

已經快到了傍晚的閉館時分，來參觀的遊客也都回去了，館內靜得連一根針掉在地上都能清楚聽見（ひっそり閑）。

人いきれ ★★★★☆

人潮眾多，熱氣喧騰的意思。

《痛苦的信吉》宮本百合子

焼きたてのパンの熱気と押し合う人いきれで、三方棚に囲まれたパン販売店の中はムンムンしている。

人潮造成的悶熱感（人いきれ）與剛烤好的麵包的熱氣不相上下，三個方向都被架子包圍的麵包店十分悶熱。

馥郁 ★★★★★

迷人的香氣四處飄散的樣子。

《食道樂》村井弦齋

春風は庭にも来にけん、梅花の香馥郁として室に入る。

春風也吹進了庭院，梅花那馥郁的香氣也悄悄地飄入室內。

不退転 ★★★★☆

意志堅決，絕不退縮，絕不向對手或眼前的狀況認輸的意思。

《珍的故事》宮本百合子

そのためには、先ずジャン自身が自分の人間としての努力と謙遜で不退転な善意とに満腔の信頼をおかなければならないのである。

因此，珍自己必須先懂得努力與謙遜，以及給予不退縮（不退転）的善意與滿腔的信賴才行。

我要以絕不退縮的決心接受國中考試。

憤慨 ★★★★☆

非常生氣的意思。

《Vita Sexualis》森鷗外

古賀はこの話をしながら、憤慨して涙を翻した。

古賀邊說著這件事，邊憤慨地流淚。

平気の平左 ★★★★★

為了強調無所謂的心情，故意以發音相似的人名強調。也說成「平気の平左衛門」。

《銀匙》中勘助

お蕙ちゃんは平気の平左でお友達と遊んでいる。

小蕙一臉沒事（平気の平左）的表情與朋友玩耍。

辟易 ★★★★☆

被對方的氣勢震懾。因為無可奈何而覺得討厭的意思。

《愛老婆的人》岸田國士

一度は友達になるが、その友達は、大概いつかは彼のひねくれ根性に辟易し、彼の方でも、その友達のどこかに愛想をつかして、どちらからともなく離れて行ってしまう。

雖然成了朋友，但這位朋友大概沒多久，就會討厭（辟易）他那乖僻的個性，他也會莫名討厭那位朋友的某個部分，雙方總有一天會漸行漸遠。

ほくそ笑む ★★★☆☆

事情如預期般發展，一個人滿足地偷笑。

《御伽草紙》太宰治

そうして狸は、ああ世の中なんて甘いもんだとほくそ笑む。

於是狸心想：「這世界未免也太好混了吧」，一個人偷偷地笑著（ほくそ笑む）。

ほだされる ★★★★★

被人情或愛情拖住的感覺。

《全譯源氏物語（與謝野晶子譯）》與謝野晶子

女のあなたがあの御愛情にほだされるのは当然で、だれも罪とは考えませんよ。

身為女人的妳會被那珍貴的愛情絆住（ほだされる）是理所當然的，沒有人會覺得那是罪過。

重點！

日文還有類似「平気の平左」這種穿插人名的詞彙喲。比方說，用來形容自暴自棄的「自棄のやん八」，或是以石頭或黃金比喻不知變通的人的「石部金吉」。日文還真是有趣啊。

ま行

まごつく ★★★☆☆

不知所措，不知方向，不斷徘徊與遊蕩的意思。

《陰火》太宰治

友人はときどき永いふんべつをしておれに怒られ、へどもどとまごつくのであった。

朋友那愛計算的心理總是會惹怒我，讓我不知道該如何是好（まごつく）。

看到不知所措的我，朋友立刻跟我組隊了。

まどか

★★★☆☆

圓圓的樣子，或是心滿意足，內心柔軟的樣子。

《平塚明子（平塚雷鳥）》長谷川時雨

昨夜は、もう入梅であろうに十五日の月影が、まどかに、白々と澄んでおりました。

明明已是梅雨季節，昨夜十五日的月影卻依舊圓滿（まどか）皎潔。

水垢離

★★★★★

向神佛祈求時，以冷水沐浴，潔淨身心的意思。

《歌行燈》泉鏡花

中空は冴切って、星が水垢離取りそうな月明に、踏切の桟橋を渡る影高く、灯ちらちらと目の下に、遠近の樹立の骨ばかりなのを視めながら、桑名の停車場へ下りた旅客がある。

澄淨的天空，讓星星發出冷冽（水垢離）光芒的月光，讓旅客走過平交道聯絡道的影子變得鮮明。在燈光閃爍之下，一邊望著遠近豎立的骨頭，一邊看到旅客正準備從平交道聯絡道往下走去桑名的停車場。

水もしたたる

★★★☆☆

形容水嫩美麗的詞彙。

《不知茶屋的故事》岡本加乃子

京女の生地の白い肌へ夕化粧を念入りに施したのが文字通り水もしたたるような美しさです。

京女在她雪白的肌膚用心化妝之後，真的如出水芙蓉（水もしたたる）般美麗。

未曾有

★★★★★

前所未有的事。

《二十世紀旗手——生而為人，我很抱歉。》太宰治

よろしい、それでは一つ、しんじつ未曾有、雲散霧消の結末つくって、おまえのくさった腹綿を煮えくりかえさせてあげるから。

好吧，那就製造一個前所未有（未曾有）、煙消雲散的結局，讓你氣到連腸子都冒煙吧。

虫酸／虫唾が走る ★★★☆☆

嘔心想吐的意思。後來引申為不舒服，令人作嘔的意思。

その遠藤が、いやにのっぺりした虫唾の走る様な顔を、一層のっぺりさせて、すぐ目の下に寝ているのでした。

《天花板上的散步者》江戶川亂步

那位遠藤收起嘔心想吐（虫唾が走る）的表情，恢復平靜的模樣之後，立刻睡了起來。

無鉄砲 ★★★☆☆

不顧後果，採取行動的意思。

親譲りの無鉄砲で小供の時から損ばかりしている。

《少爺》夏目漱石

從父母親繼承而來的有勇無謀（無鉄砲），讓他從小就不斷吃虧。

無頓着 ★★★☆☆

對事物沒有任何堅持的意思。也讀成「むとんじゃく」。

相手は無頓着にこう云いながら、剃刀を当てたばかりの顋で、沼地の画をさし示した。

《沼地》芥川龍之介

一邊對對方亂說（無頓着）一通，一邊用剛刮完鬍子的下巴，指了指沼地的畫。

めくるめく ★★★☆☆

頭昏目眩、心醉神迷的意思。常以「目がくらむほどの」的方式使用。

「私は……私は……」お綱はついて歩く足もともうつろに、めくるめくばかりな熱情でこう思った。

《鳴門秘帖》吉川英治

「我、我……」阿綱邊跟著走，邊以令人頭昏目眩（めくるめく）的熱情如此想著。

喜歡的偶像的直播是一段讓人心醉神迷的時間。

目も綾 ★★★★★

光彩奪目般的美麗。

香いを嗅ぐにも角度がある。香いの光を三稜鏡に透かして見たら、目も綾なものがあろう。

《香氣四溢的狩獵者》北原白秋

要嗅出味道也要講究角度。透過三稜鏡觀察香氣的光線，就會發現光線有如光彩奪目般美麗（目も綾）。

物憂い ★★★★☆

心情有如陰天般暗沉的意思。

単調な、物憂い、どうにもならない時がすこしずつ移って行ったけれど、まだ私らは調べられなかった。

《一個少女之死》室生犀星

雖然在單調、憂鬱（物憂い），無可奈何的時候，一點一點地移動，但那時候的我們都沒能調查。

舫う ★★★☆☆

船隻與船隻相連。將船隻綁在木椿。

大夫は右の手を挙げて、大拇を折って見せた。そして自分もそこへ舟を舫った。

《山椒大夫》森鷗外

大夫舉起右手，彎起了大拇指，然後自己去把船綁在木椿上（舫う）。

諸手／双手を挙げる ★★★☆☆

無條件歡迎的意思。打從心底贊成的意思。「もろて」是左右手的意思。

……賛成だ。吾輩双手を挙げて賛成するね。

《爆彈太平記》夢野久作

……贊成。我舉雙手（双手を挙げる）贊成喔！

Q 形容「心情如陰天般憂鬱」的詞彙是？

提示 開頭是「もの」這個「莫名」之意的詞彙喲。

A 物憂い

や行

やきもき ★★★☆☆

事情不如預期發展而煩躁的樣子。

私も彼等の仲間入りがしたくて、毎日、やきもきしながら、ことによるとお前が匿名で私によこすかも知れない手紙、そんな来る宛のない手紙を待っていた。

《麥藁帽子》堀辰雄

我也希望成為他們的夥伴，每天很煩躁（やきもき）之餘，等待著你用匿名寄給我的信件，那封沒有收件人的信件。

一直等不到及格通知單，讓我覺得很煩躁。

夜光虫 ★★★★☆

夜光藻科的單細胞生物。會在海面浮游，被海浪刺激就會發出藍白色光芒。

夜光虫が美しく光る海を前にして、K君はその不思議な謂われをぽちぽち話してくれました。

《K的升天》梶井基次郎

K看到在海面靜靜發光的藍眼淚（夜光虫）覺得很美，在這不可思議的美景之下，開始吐露自己的心情。

やせがまん ★★★☆☆

逼自己忍耐，假裝沒事的樣子。

もう勝ちはかれにきまったのだから、なにも、やせがまんしているわけはないのだが、とくいなところをひとに見せたいのだろう。

《川》新美南吉

反正一定是他獲勝，所以也沒什麼好假裝忍耐（やせがまん），只是想讓別人見識一下自己的厲害之處。

野暮 ★★★☆☆

不懂人情世故，未經社會磨練的人。

けれども、野暮な人は、とかく、しゃれた事をしてみたがるものである。

《天狗》太宰治

即使如此，不懂人情世故（野暮）的人，就是會想嘗試一些引人注目的事情啊。

矢も盾もたまらず ★★★★☆

無法壓抑自己的心情。就算想用箭攻擊，卻沒辦法用盾保護自己，只聽從慾望行事的意思。

どうにも忍耐ができなくなり、ふと台所で物音がするのを聞くと、矢も盾も堪らずとび込んでいったのである。

《會錯意的物語》山本周五郎

忍耐到了極限後，一聽到廚房有所動靜，便無法抑制衝動（矢も盾もたまらず），衝進了廚房。

行き当たりばったり ★★★☆☆

不考慮未來，只懂得隨波逐流的意思。也讀成「いきあたりばったり」。

とにかく三日過ぎたか、夜も行きあたりばったりの軒下や防空壕などでちょっと眠るという有様、もうグタグタにくたびれ果てて探しまわったが、どうしても春子さんは見つからねえ。

《樹冰》三好十郎

總之過了三天吧，晚上也在某個屋簷或是防空洞睡覺。雖然有種隨遇而安（行きあたりばったり）的感覺，但這樣實在是太累了，而且怎麼也找不到春子。

夢心地 ★★★★☆

像是做夢一般，令人沉醉的感覺或心情。

その快い羽音が、まだ二人の眠っているうちから、夢心地に耳に聞こえ

《野原》小川未明

ました。

兩人在半夢半醒（夢心地）的時候，又聽見那輕快的振翅聲。

ゆるがせにしない ★★★★☆

認真面對事物的意思。

《被偷走的信》坂口安吾

ペン字のくせに一字一画ゆるがせにしない筆法極めて正確な楷書で、なにがし商店御中とある。で裏を返してみると、これまた奇妙である。

明明是鋼筆字，卻以一筆一畫端正無比（ゆるがせにしない）的楷書寫著某某商店御中。翻到背面一看，也覺得很奇妙。

宵の明星 ★★★★☆

日落後，於西方天空閃爍的金星。

《一個人的圍棋》中勘助

いわば幾億千万の星のなかでその美しいや先の光輝を放つ宵の明星である。

話說回來，在無數的星星之中，金星（宵の明星）是最美，最閃耀的那顆星。

よそよそしい ★★★☆☆

對陌生人的態度。疏遠或是冷漠的態度。

《故鄉》太宰治

この兄は、以前から機嫌の悪い時に限って、このように妙によそよそしく、ていねいにお辞儀をするのである。

這位大哥從以前到現在只要心情不好，就會莫名地與別人保持距離（よそよそしい），變得特別有禮貌。

よるべ ★★★★★

可依靠的人或場所。沒有可依靠的人會說成「よるべのない身」。

《木蘭樹》宮澤賢治

全く峯にはまっ黒のガツガツした巌が冷たい霧を吹いてそらうそぶき折角いっしんに登って行ってもまるでよるべもなくさびしいのでした。

山峰上面全是黝黑的大岩石，也不斷地聽到冷風呼嘯而過，就算爬上山頂，也是一片荒涼，沒有任何可依靠的地方（よるべ）。

問題！

Q 形容日落後，於西方天空閃爍的金星是下列哪一個詞彙？

①明の明星
②宵の明星

提示 日落之後，是早上還是夜晚？

A ②宵の明星

ら行

磊落 ★★★★★

氣度恢宏，不拘小節的樣子。

デモあの方は学問もおあり遊ばして。なかなか磊落なよい方でござりますヨ。

《藪之鶯》三宅花圃

示威的人既有學問也懂得遊戲人間，都是光明磊落（磊落）的人。

落胆 ★★★☆☆

事情不如預期因而失望的意思。

私は親友を落胆させるに忍びず、もう少しよくなるまで、彼のピアニストとしての生涯が終わったことを、伏せておこうとした。

《指》江戸川亂步

我不想讓好友失望（落胆），只好等到他的情況稍微好轉，再跟他說他的鋼琴家生涯已結束。

爛漫 ★★★☆☆

花朵盛開的樣子。或是光芒四射的樣子。

春だった。花は爛漫と、梢に咲き乱れていた。

《棺桶的花嫁》海野十三

春天到了，樹梢上萬紫千紅、繁花錦簇（爛漫）。

律儀 ★★☆☆☆

謹守事物道理的意思。

茲の芋屋は夏も氷屋と化けず、律儀に芋ばかりを売っていた。

《夏之月》川端茅舍

這裡的芋屋不會在夏天變成冰屋，謹守分寸（律儀），只賣芋頭。

柳眉を逆立てる ★★★★★

指的是如柳葉般的細眉上揚的生氣模樣。常用來形容美人生氣的樣子。

菊路の美しい柳眉は知らぬまに逆立ちしました。

《旗本退屈男》佐佐木味津三

菊路生氣之後，那美麗的柳葉細眉不知不覺地上揚了（柳眉を逆立てる）。

良心の呵責 ★★★★☆

做了不該做的事，十分心痛的意思。「呵責」是嚴加譴責的意思。

でも私は、この手紙を投函しても、良心の呵責は無かった。よい事をしたと思った。

《恥》太宰治

不過，我就算寄了那封信，也未受到半點良心的呵責（良心の呵責），我甚至覺得做了好事。

我吃了姐姐的甜點，受到了良心的呵責。

旅愁

★★★★☆

在旅途中，漸漸覺得寂寞的心情。

《在愉快的夢中》坂口安吾

どっちを眺めていいのか分らなかったり、どの見知らない方角を眺めることも苦しかったり怖ろしかったり、身体が蒼白く痩せてしまいそうな心細い旅愁であった。

不知道該看哪邊才好，也不知道朝哪個方向，這股旅愁讓人又痛苦、又害怕，也讓身體變得蒼白無力。

凛々しい

★★★☆☆

凛然俐落的姿態。

《呂宋之壺》久生十蘭

どちらも気品のある凛々しいほどの面差で、たやすくは近づきかねるような、いかめしさがあった。

兩邊都是五官端正，氣質凜然（凛々しい）的模樣，讓人不敢越雷池一步。

流転

★★★★☆

不斷改變，永不停息的意思。

《山頭火隨筆集》種田山頭火

一切は流転する。流転するから永遠である、ともいえる。流れるものは流れるがゆえに常に新らしい。

世界的一切都不斷地改變（流転），只有改變才是不變的。不斷變遷的事物也因為不斷變遷而常保新鮮。

縷々

★★★★★

綿綿不絕，或是鉅細靡遺地講述事情的樣子。

《不乞討的乞食》添田啞蟬坊

彼の出鱈目講演は縷々として尽きない。

他那胡說八道的演講猶如滔滔江水，綿綿不絕（縷々）。

冷笑

★★★☆☆

看不起他人，嘲弄他人的意思。

《明暗》夏目漱石

その瞬間にお延は冷笑の影をちらりとお秀の唇のあたりに認めた。

那瞬間，阿延確定阿秀的嘴唇揚起了冷笑的影子。

烈火の如く

★★★★☆

如熊熊烈火般生氣。

《三國志》吉川英治

曹操の眉端はピンとはね上がっていた。烈火の如き怒りをふくんだ気色である。

曹操的眉角突然上揚，如熊熊烈火般（烈火の如く）的怒火完全寫在臉上。

恋慕（れんぼ）　★★★★☆

愛慕某人，想待在某人身邊的心情。

《吾輩是貓》夏目漱石

三角主義の張本金田君の令嬢阿倍川の富子さえ寒月君に恋慕したと云う噂である。

傳出連三角主義的張本金田的千金，也就是阿倍川的富子也愛慕寒月的消息。

問題！

Q　下列哪個是用來形容「美人生氣」的眉毛的詞彙？

①櫻眉
②松眉
③柳眉

A　③柳眉（りゅうび）

狼狽（ろうばい）　★★★★☆

發生了意想不到的事情而慌張，不知所措的樣子。

《十元紙鈔》芥川龍之介

保吉は大いに狼狽した。ロックフェラアに金を借りることは一再ならず空想している。

保吉顯得十分狼狽。總是幻想著向洛克斐勒借錢。

老婆心（ろうばしん）　★★★★☆

苦口婆心的意思，或是放低身段，只為了對方好的態度。

《野晒》豐島與志雄

ただ僕は君に、盛岡の二の舞をやってくれるなと、老婆心かも知れないが、切に願いたいのだ。

或許我是多管閒事（老婆心），但我只是打從心底希望你不要重蹈盛岡的覆轍。

露骨（ろこつ）　★★★★☆

毫不遮掩的意思。

《Goodbye》太宰治

この文士、ひどく露骨で、下品な口をきくので、その好男子の編集者はかねがね敬遠していたのだが、きょうは自身に傘の用意が無かったので、仕方なく、文士の蛇の目傘にいれてもらい、かくは油をしぼられる結果となった。

這位作家講話十分露骨又口無遮攔，所以身為好男人的編輯也敬而遠之，但今天沒帶傘，只好被迫躲進他的蛇目雨傘下，也被狠狠地刮了一頓。

路頭に迷う（ろとうにまよう）　★★★★☆

失去賴以維生的方法，或是沒有棲

身的房子。

《報恩記》芥川龍之介

しかもその金を受け取らないとなれば、わたしばかりか一家のものも、路頭に迷うのでございます。

而且若是不收下那筆錢，別說是我，我們一家都得流落街頭（路頭に迷う）。

わ行

我が物顔 ★★☆☆☆

我行我素，不顧他人的意思。

《出家為尼的老太太》田中貢太郎

もう干潮に近い比で、海苔しびを立てた洲が一面にあらわれておりましたが、その日は干潟へおりて、海苔や貝を採る者も一人もないので、白い鴎が我が物顔に遊んでおりました。

由於接近退潮的時間，佈滿海苔棚的沙洲也慢慢出現，不過這天沒有人走到退潮之後的沙灘採集海苔與貝殼，只有白鷗依舊我行我素地（我が物顔）在沙灘遊玩。

若々しい ★★☆☆☆

活潑，充滿朝氣的樣子。

《心》夏目漱石

私が先生と知り合いになったのは鎌倉である。その時私はまだ若々しい書生であった。

我是在鎌倉與老師認識的。那時的我還是充滿朝氣（若々しい）的年輕書生。

わだかまり ★★★☆☆

內心沉重、不滿或是充滿懷疑的意思。

《夕張之宿》小山清

平素どちらかと云えば沈んで見える顔つきに、わだかまりのない明るい表情が浮かぶ。

真要說的話，深邃的五官帶著一點都不沉重（わだかまり）的開朗表情。

わななく ★★★★☆

因為害怕、寒冷、緊張等原因，身體不斷發抖的意思。

《創作餘談》太宰治

数十人の智慧ある先賢に手をとられ、ほとんど、いろはから教えたたかれて、そうして、どうやら一巻、わななくわななく取りまとめた。

被集數十人智慧的先賢從頭開始傳授之後，好不容易在全身忍不住發抖（わななく）的狀態下結束。

我曾經突然被人找碴，
而身體不斷地顫抖。

藁に（も）すがる ★★☆☆☆

被逼入絕境時，就算是不可靠的東西，也要拼命抓住的比喻。

《斜陽》太宰治

そうかしら？　と思いながらも、溺れる者の藁にすがる気持もあって、村の先生のその診断に、私は少しほっとしたところもあった。

「是這樣嗎？」我邊這麼想，邊覺得自己有種抓住救命稻草（藁に（も）すがる）的感覺。聽完村子裡的醫生的診斷之後，也有種鬆了一口氣的感覺。

わらわら ★★☆☆☆

很多人四處分散的樣子。

《少年之死》木下杢太郎

船から大勢わらわらと水へ飛び込んだりするのも見えた。網が打たれた。

看到一大群人從船上陸陸續續（わらわら）地跳進水裡。也被網子網住。

割り切れない ★★☆☆☆

能夠理解，但無法認同的意思。

《災厄之日》原民喜

僕はまだ割り切れないものがあったが、その足でアパートの部屋を訪れた。

雖然我還無法完全認同（割り切れない）但這雙腳還是走到了公寓的房間。

我を忘れる ★★★☆☆

沉迷於某個事物，直到忘了自己的意思。

《詩片的日記》森鷗外

あはれ二人は我を忘れ、わが乗れる車を忘れ、車の外なる世界をも忘れたりけむ。

可悲的兩人忘了自己，忘了搭乘的車子，想必也忘了車外的世界吧。

問題！

Q 下列何者是用來形容「能夠理解，但無法認同」的詞彙？

提示 也是在除法無法除盡時使用的詞彙喲。

A ②割り切れない

参考文献

『広辞苑』岩波書店

『新漢語林』大修館書店

『新明解国語辞典』三省堂

『新明解語源辞典』三省堂

『ドラえもんはじめての国語辞典』小学館

『明鏡国語辞典』大修館書店

『大修館四字熟語辞典』大修館書店

『明鏡ことわざ成句使い方辞典 』大修館書店

照片提供：一般社団法人 京都府北部地域連携都市圏振興社、岐阜県白川村役場、シカゴ美術館、姫路市、広島県、富士市、メトロポリタン美術館、陸前高田市

跟日本小學生一起學日語！

「伝える力」が伸びる！12歳までに知っておきたい語彙力図鑑

提升單字量及表達力的詞彙圖鑑

作者 齋藤孝
翻譯 許郁文
責任編輯 張芝瑜
書封設計 Aikoberry
內頁排版 郭家振
行銷企劃 張嘉庭

發行人 何飛鵬
事業群總經理 李淑霞
社長 饒素芬
圖書主編 葉承享

出版 城邦文化事業股份有限公司 麥浩斯出版
E-mail cs@myhomelife.com.tw
地址 115 台北市南港區昆陽街 16 號 7 樓
電話 02-2500-7578

發行 英屬蓋曼群島商家庭傳媒股份有限公司城邦分公司
地址 115 台北市南港區昆陽街 16 號 5 樓
讀者服務專線 0800-020-299（09:30 ～ 12:00；13:30 ～ 17:00）
讀者服務傳真 02-2517-0999
讀者服務信箱 Email: csc@cite.com.tw
劃撥帳號 1983-3516
劃撥戶名 英屬蓋曼群島商家庭傳媒股份有限公司城邦分公司

香港發行 城邦（香港）出版集團有限公司
地址 香港九龍九龍城土瓜灣道 86 號順聯工業大廈 6 樓 A 室
電話 852-2508-6231
傳真 852-2578-9337
E-mail hkcite@biznetvigator.com
馬新發行 城邦（馬新）出版集團 Cite（M）Sdn. Bhd.
地址 41, Jalan Radin Anum, Bandar Baru Sri Petaling, 57000 Kuala Lumpur, Malaysia.
電話 603-90578822
傳真 603-90576622

總經銷 聯合發行股份有限公司
電話 02-29178022
傳真 02-29156275

製版印刷 凱林彩印股份有限公司
定價 新台幣 420 元／港幣 140 元
2024 年 9 月初版一刷・Printed In Taiwan
ISBN 9786267558034

國家圖書館出版品預行編目（CIP）資料

跟日本小學生一起學日語!提升單字量及表達力的詞彙圖鑑/齋藤孝著；許郁文譯. -- 初版. -- 臺北市：城邦文化事業股份有限公司麥浩斯出版：英屬蓋曼群島商家庭傳媒股份有限公司城邦分公司發行, 2024.09
面； 公分
譯自：「伝える力」が伸びる!12歳までに知っておきたい語彙力図鑑
ISBN 978-626-7558-03-4(平裝)

1.CST: 日語 2.CST: 詞彙

803.12 113011950